海天译丛

# 心碎小提琴

[日]水林章 著
邓颖平 译

# Âme brisée
## Akira Mizubayashi

·深圳·

## 图书在版编目（CIP）数据

心碎小提琴 /（日）水林章著；邓颖平译. — 深圳：海天出版社，2022.4

（海天译丛）

ISBN 978-7-5507-3445-6

Ⅰ.①心… Ⅱ.①水…②邓… Ⅲ.①长篇小说—日本—现代 Ⅳ.①I313.45

中国版本图书馆CIP数据核字(2022)第064954号

版权登记号　图字：19-2020-029号
Originally published in France as:
Âme brisée by Akira Mizubayashi
© Éditions Gallimard, Paris, 2019
Cet ouvrage a bénéficié du soutien des Programmes d'aide à la publication de l'Institut français.
本书获得法国对外文教局版税资助计划的支持

### 心碎小提琴
XINSUI XIAOTIQIN

| 出 品 人 | 聂雄前 |
| --- | --- |
| 责任编辑 | 邱秋卡 |
| 责任技编 | 梁立新 |
| 责任校对 | 张丽珠 |
| 装帧设计 | 龙瀚文化 |

| 出版发行 | 海天出版社 |
| --- | --- |
| 地　　址 | 深圳市彩田南路海天综合大厦（518033） |
| 网　　址 | www.htph.com.cn |
| 订购电话 | 0755-83460239（邮购、团购） |
| 设计制作 | 深圳市龙瀚文化传播有限公司 0755-33133493 |
| 印　　刷 | 深圳市希望印务有限公司 |
| 开　　本 | 889mm×1194mm　1/32 |
| 印　　张 | 7.5 |
| 字　　数 | 120千 |
| 版　　次 | 2022年4月第1版 |
| 印　　次 | 2022年4月第1次 |
| 定　　价 | 42.00元 |

海天版图书版权所有，侵权必究。
法律顾问：苑景会律师 502039234@qq.com
海天版图书凡有印装质量问题，我社负责调换。

献给世界上所有的鬼魂

ÂME[1]，阴性名词，在音乐领域，指弦乐器的音柱，安装在乐器内的一截小木棍，使面板和背板保持合适的距离，保证振动的质量、传导和一致性。

——《法语语言宝库》

面对舒伯特的音乐，我们无须叩问灵魂便会潸然泪下，因为它带着真实的力量扑面而来，无须借助图像。我们在哭泣，却不知为何，因为我们尚未满足音乐对我们的期许，只是沉浸在不可名状的幸福中，只要音乐保持不变，有朝一日我们定能像它一样。

——西奥多·阿多诺《音乐瞬间》[2]

---

[1] 根据不同语境，法语单词âme可译为"灵魂""心灵""生灵""(提琴的)音柱"等，因此，书名 Âme brisée 一语双关，既可以指破碎的小提琴音柱，也可以指破碎的心灵。（除特别说明，本书注释均为译者注。）

[2] 西奥多·阿多诺（1903—1969），德国哲学家、社会学家、音乐理论家，法兰克福学派第一代代表人物。《音乐瞬间》（*Moments musicaux*）集结了作者从1928年到1962年写的文章，这部文集取名自舒伯特的同名钢琴曲。

# 目录

静　思　/ 001

**第一章**
勿太快的快板　/ 007

**第二章**
行　板　/ 063

**第三章**
小步舞曲：小快板　/ 105

**第四章**
中速的快板　/ 153

尾　声　/ 203

致　谢　/ 223
译后记　/ 224

# 静 思

1938年11月6日,星期天,东京。

军靴在地面上砸出生硬刺耳的噪音,声音越来越大,节奏越来越慢。有人在走动,他停下来……又开始走……又停下来。他现在就在附近。我仿佛听到了他的呼吸声。有一样东西碰到木头,发出细微的声音。他刚把某样东西放在了椅子上?我在暗处,害怕得浑身发抖,后背发凉。寂静无声。突然,黑暗的面纱被撕裂,一大片光亮出现在我面前。我看到什么?光线太刺眼,我勉强看到一个男人巨大的身躯,他站得笔直,身穿土黄色军服。我看不到他的头和脚,只看到军装的正面,排列整齐的纽扣,挎在腰间沉甸甸的军刀,手臂,露在衣袖外面的手,像树干一样粗壮的大腿。我尽量缩着,光线还是无情地照在我套着绿棉袜的双脚上。僵直的双脚旁边还有我的书……书的封面是白色的,四边各有一道橙色镶边。《你想活出怎样的人生》,加粗加黑的书名大喇喇地朝向强光,下方是用小号字体印刷的作者名及用中号字体印刷的丛书名——"日本少年国民文库"。他会把它捡起来吗？快点，得赶在他前面。不，我最好还是别动……霎时，我把右手放在书上，把书抓在手里，小心地抽回颤抖的手……又过了漫长的几秒……我不知道他在干什么，他的身体纹丝不动。我很害怕，本能地闭上眼睛。依然寂静无声。我半睁开眼。他慢慢弯下腰，动作非常缓慢，好像在犹豫，对自己正在做的事不太有把握。一个男人的脑袋出现在我眼前，他戴着和军装颜色相同的军帽。由于背光，脑袋蒙上了厚厚的阴影，军帽后面的帽檐上垂下一块布，也是土黄色的，一直垂到肩膀上。只有眼睛是闪亮的，像在黑暗中窥探的猫眼。此刻，我睁大的双眼和他的眼睛对上了。我应该是看到了一丝浅笑，连他的眼角都带着笑意。他要干什么？他会伤害我吗？他会把我从这个藏身地拖出来吗？我尽可能把身体蜷得更紧更小。突然，他侧身探下去，又很快站起来，手上拎着破碎的小提琴。在这之前，他可能把小提琴放在我藏身的柜子旁边的椅子上了。突然传来一个男人的高声呼叫，声音越来越近。

"黑神！黑神！"

他机械地转过头，像在琢磨声音到底是从哪儿传来的，又像在辨认是谁在叫他，他的脸紧张地抽搐了一下。

他一句话也没说，就把破碎的小提琴递给我。琴身瘪了，四根弦凸了出来，这把琴就像暗夜中拖着病躯的小动物。我不知道该怎么做……我在犹豫……不过，最终，我还是战战兢兢，双手接过这件受伤的乐器。

"黑神！黑神中尉！"

他赶紧合上柜门，看了我最后一眼，眼神里透着担忧和惊慌，随后露出一丝微笑，不过很快又收起了笑容。叫他的那个人越来越近。

"啊，原来你在这儿！黑神，你在这儿干吗？大家都走了，别磨蹭了。"

"是，上尉！对不起，我在确认是否有遗漏……"

在漆黑的柜子里，我分辨出一个冷酷的男声，应该是刚才喊"黑发"的那个人。听到"黑发"，我很诧异，我很难想象居然有人姓"黑发"①。那个人语气生硬，有点像在发脾气，我听不太懂他说的话。他让我感到恐惧。另一个男人用沉着、平静甚至可以说温柔的声音在回答。是递给我小提琴的那个人吗？

---

① "黑神"的日语罗马注音是Kurokami，在日语里，kuro对应的词义是"黑色"，kami则对应多个词义，头发、神、纸等，因此主人公听到Kurokami误以为此人姓"黑发"。后文中还会出现这个误会。

两个人的声音渐渐远去。脚步声也远了。我依然躲在暗处。不一会儿，我什么都听不见了，或者说，所有传到我耳道尽头的声音都像是蝉临死前发出的微弱而持久的鸣叫。这是耳鸣，我最近跟父亲学了这个词。可以说这是近乎无声的噪声。我透过锁眼往外看。因为拉着黑色的窗帘，房间里很暗，不过霓虹灯的光足以让我看清房间里没人了。现在几点了？应该还没日落，可是我已经饿了。我伸长耳朵……告诉自己是真的没人了。于是，我尽可能轻地拉动门闩，试着推开柜门而不发出任何声音。可是，门嘎吱作响。"别出声！"我对自己说。我等了一小会儿……没有动静，还是很安静。一个人也没有。我穿上布鞋，之前为了不发出声音，我把布鞋脱了。我钻出藏身之地，双手捧着受伤的小提琴，裤兜里揣着书。我小心翼翼地挪了几步，我走不动，哎呀，我的腿麻了！我停下来，等了三秒钟再走。我穿过大厅，朝出口走去。我使出全身力气推开沉重的大门。现在，我站在区文化中心的楼门口。我抬头看天。太阳都下山了，天色开始变暗。我很孤单，很害怕，喉咙里有哽咽的感觉。巨大的黑暗势力压着我，在我身上投下无形却又沉重的阴影。人们从街上走过。肩上扛着机枪的军警在巡逻。周围看不到一个小孩。爸爸去哪儿了？

他会回这儿,还是会直接回家?我加快步伐,朝家的方向走……我抱着受伤的小提琴,它就像一只快要死掉的小动物。我一定要救活它……

我伫立在安放祭台的壁柜前,柜门敞开。我闭着眼。身后飘来女性散发的馨香。我沿着昏暗的时光阶梯慢慢往下走……

第一章

# 勿太快的快板

# 1

那是一个周日的午后,太阳略显羞涩。在区文化中心大厅,一个男孩,十一岁的中学生,独自坐在带靠背的长椅上看书。他专心读书,似乎没有任何事物能让他把视线从书页上移开。他保持一个姿势,有规律地翻页,完全沉浸在引人入胜的情节和值得细品的词语中。他的父亲穿着朴素的灰色上衣,正在扫地上散落的毛絮灰尘。简单打扫之后,他把从家里带来的两个折叠乐谱架摆出来,靠在一起放着。

"我说,礼,小哥白尼的故事有意思吧?"

礼没有表示反对。小哥白尼是书的主人公的绰号,一个十五岁的日本中学生。实际上,别人叫他小哥白尼君,"君"是表示好感的后缀。

"我们排练的时候,你可以继续看书,不过他们来的时候,你要向他们问好。听到了吗?"

"好的,爸爸。"

男孩低声回答，吞咽了一点空气，眼睛却始终没有离开书。父亲朝大厅走去，在走廊消失片刻后，又抱回来两个装水果的纸箱，一个是牛皮纸色的，另一个是黄色的，侧面还画着橘子的图案。他把箱子竖起来，摆在两个金属乐谱架的两边。父亲问儿子：

"你读到哪儿了？"

"……"

父亲提高音量，又问了一次。

"喂！礼，你的书读到哪儿了？"

"哦，对不起，爸爸……呃，读到犍……陀……罗……佛像这一页。"

礼结结巴巴说出"犍陀罗"这个词。

"啊，那时候，舅舅向小哥白尼解释，是希腊人先想到制作佛像的，比亚洲人早很多就想到了……这段特别精彩。"

看着剩下的书页已经很薄了，礼低声嘟囔："就快到结尾了，真遗憾！"

"那，这本书没有让你哭过吗？"

"哦，当然哭过，在北见为了帮浦川，和山口吵架的时候。大家总是取笑浦川，这个可怜的家伙！"

"山口和他的同伙嘲笑浦川每天带的便当都是炸豆

腐,因为他父母是开豆腐店的。是这段吗?"

"对。还有一段,小哥白尼没有勇气站出来,帮他的两个伙伴……当时,他们被一群高年级学生欺负!我没有哭,不过,那群傲慢的高年级学生真是气死我了。他们命令北见服从他们,否则他就会被当成不爱学校的叛徒。"

"对啊,这一段真是惊心动魄。不过,你不喜欢接下来的几页吗?小哥白尼因为怯懦,备感挣扎……他母亲温柔地呵护他。你知道吗?小哥白尼的妈妈让我想起了你的妈妈。"

"对,对,他妈妈跟他说,她曾经因为害羞和缺乏勇气,没有搀扶拎着大包爬寺庙台阶的老奶奶……这一段,我看哭了……小哥白尼没有爸爸,而我,没有妈妈……我们有点像。"

"礼,你知道吗,等你读完了,我想跟你聊一聊这本书……"

礼没有回答,他已经沉浸在书的最后几页里。

这时,大厅响起脚步声。一个四十来岁的男人走了进来,他个子很高,一头金发,穿着米色西服,脖子上围着蓝色的棉围巾。

"您好,裕。最近怎么样?我知道您在这儿。您之前跟我说过，您和朋友今天下午在这里排练。"

"啊，您好，菲利普。太意外了。什么风把您给吹来了？我没想到会在这儿见到您。"裕用法语回答，他说法语时略显迟缓，但是表达十分准确。

"呃……"

"菲利普，您好像有心事……"

外国访客的目光越过裕的肩头，看到一个男孩放下自己的读物，若有所思地看着两个大人对话。

"礼君，你好吗？你在读什么有趣的书？"菲利普用日语问礼。礼觉得他的口音很奇怪，但是完全听得懂。他正准备回答，菲利普已经把目光转向了裕。

"我和太太决定回法国。这里的生活对我来说越来越难……我已经提交了回国申请。报社很快就会做出决定……总之，我想和您好好谈一谈，可眼下，您没有时间……"

裕看了一下手表。

"确实没时间，他们可能马上就到。您能晚上到我家来吗？或者您愿意的话，我去找您。要不就明天晚上，要是您方便的话。"

"好，那就今晚，我去您家里，不过可能会晚一点，大约八点，或者八点半，如果您方便的话。"菲利普犹豫片刻后答道。

正在这时，裕等的人走进大厅。两个男人和一个女人，年龄都在二十五到三十岁之间。裕向他们鞠躬致意，又和他们握了手。之后，裕向他们介绍了菲利普，说菲利普是法国一家报社驻日本的记者。裕的朋友都是中国人。三人中最年轻的叫康，左手拿着小提琴盒。年轻的女士名叫砚芬，中提琴手，她的琴盒比康的琴盒大一些。最后一位应该是三人当中最年长的，他留着胡须，前额开阔，大大咧咧地把大提琴盒扛在肩上，他叫成。三个音乐爱好者是中国留学生里的少数派，他们没有禁锢在民族主义的狭隘观念里。自1931年九一八事变以来，他们的国家被日本侵略，殖民扩张主义在大日本帝国①蔓延，两国间的敌意不断加深。

"水泽先生，您今天是不是有点忙？"成用流利的日语问裕，宽宽的脸上洋溢着笑容。

裕注意到成偷偷看了一眼他的法国朋友。

"我不忙，成先生，您别担心，我现在的时间都是留给你们的。我和菲利普先生以后有的是时间见面。"

---

① 大日本帝国是日本在1936年至1947年间所使用的国号。现在国际上多用"大日本帝国"称日本从1868年明治维新开始到1945年二战战败之间的历史时期。

裕在每个人的名字后面都加了"桑"①，这个后缀是日语的礼貌用语，刚才成也在裕的姓氏水泽后面加了这个后缀。

"我再待一会儿，听一下你们演奏。裕，您不用招呼我。"

"谢谢，菲利普。那我们晚上见。"

"好。"

裕朝长椅旁的杂物间走去，从里面拿出两张凳子，对无视身边一切的儿子说：

"礼，他们来了，向他们问好。"

孩子站起来，看着父亲的三位中国朋友，他们正把乐器拿出来。

"你们好！"礼用清脆的声音说，并向他们鞠躬。

三位中国乐手同时回应了他。两位男士向他举手示意，砚芬冲他微笑致意，还说自己对这本强烈吸引他的书很好奇。礼既惊讶于她柔丽的嗓音，也惊讶于她流畅的日语。他盯着这位女士看。她身着深褐色长裙，裙子和她苗条的身材十分相衬，鹅蛋脸白净透亮，中长的黑发系在颈后，扎成辫子。她的眼睛像是散落的珠宝，在

---

① "桑"（san）是日语里对人的礼貌称呼的后缀，男女都适用，可以译为先生、女士、小姐。

柔和的晨曦下光芒闪烁。她没有涂口红，嘴唇动起来的时候像是春风中抖动的绿叶。一条神秘的曲线从她的下巴开始延伸，勾勒出圆润但并不显眼的胸部。

礼被自己放肆的眼神惊到，试着恢复镇静，赶紧重新投入阅读，然而心神已被扰乱，一时找不到要读的几行字的开头。

裕把凳子放在乐谱架前，康又从杂物间搬出两张凳子，放在纸箱旁边。裕也从琴盒中取出小提琴，把它放在长椅和欧式雕花红木壁柜间的地板上。壁柜很大，显得既庄重又低调。然后，裕不假思索地把琴盒放进了杂物间。

现在，他们四人围成半圆。裕担任第一小提琴手，康担任第二小提琴手，康旁边的砚芬担任中提琴手，最后是成，他担任大提琴手，和两米外的裕差不多正对着。他们各自把乐谱放在乐谱架或者纸箱上，然后开始调琴。裕像是突然想到一件重要的事，对儿子说：

"礼，打扰一下，你能把黑窗帘拉上，再去把灯打开吗？"

这次，礼迅速做出反应。

"这是我们第三次练习，不过我们还在练第一乐章。"裕对菲利普说，然后赶紧用日语把他对菲利普说的话翻译给中国友人听。

"好得很！我们尽量延长我们的快乐！"成开玩笑说，"我们不着急，对吧？"

四人乐开了花。菲利普也笑了，他被他们的情绪感染了，但也从中感到了一丝不安。

"我们开始吧？"裕问其他三位乐手。

一阵沉默之后，康微微点头，示意中提琴手和大提琴手开始演奏。裕下巴紧贴小提琴，弓悬在半空，等着加入演奏，虽然房顶霓虹灯的光十分微弱，小提琴却很闪亮。康以最弱的力度演奏一段悲伤的旋律，砚芬和成负责低音，用节奏烘托轻柔流淌的旋律。

菲利普自少年时代起就演奏单簧管，不是普通乐迷，他立刻听出这是舒伯特的《A小调弦乐四重奏》，又称《罗莎蒙德》。他很久没听这首曲了，沉醉于美妙得令人心颤的音乐中。他一动不动地坐在长椅上，坐了好几分钟。一旁的礼，手上拿着摊开的书，眼睛却盯着父亲，父亲的注意力集中在摊开的乐谱上。菲利普看了一眼怀表，缓缓站起来，用手轻轻摸了一下礼的脑袋，在他耳边小声说："拜拜，晚些再见。"然后轻手轻脚地向大门走去，没有回头看正在演奏的乐手们。关门前，菲利普盯着裕，看了半秒，目光锐利而炙热，裕回给他一个难以觉察的微笑。至于其他三位中国乐手,他们的注意力全在自己的曲谱上。法国记者悄然离开,完全没有打扰他们。至于礼,这个初中生又一头扎到自己的书里去了。

## 2

中日四重奏组合刚刚成立,还没有名字。组合的建立只遵循一项原则,那就是分享音乐的快乐,排除一切杂念,只需记住舒伯特的音乐,与外部世界保持距离,倾听自己和他人的声音。现在,每位成员都在一步一个脚印地探索《罗莎蒙德》的第一乐章。演奏如此恢宏的乐章大约需要一刻钟。他们热情饱满地练习了半小时,但与目标还相距甚远。他们练习了反复部分,可还是觉得没准备好第二次①演奏这个部分,更不要说继续往下演奏。砚芬提议从头开始,只要有人觉得不对劲就停下来。

"你们觉得怎么样?"

听到女性的声音,一直沉浸在阅读中的礼抬起头,

---

① 此处原文为意大利语la seconda volta。《音乐表情术语字典》(张宁和、罗吉兰编,人民音乐出版社)中的释义是"第二次(奏这个)"。这个标记意味着反复部分结尾的乐句在两次演奏时有差异,分别用"第一次"(la prima volta,简写成1a)和"第二次"(la seconda volta,简写成2a)加以区分。

看着这位年轻女士。他在想她为什么能表达得如此流畅，完全没有口音，就像土生土长的日本人。她说话时如此自然，如此优雅，让礼既惊讶又钦佩。

"我也希望我们从头开始演奏，"康腼腆地说，"我演奏的那部分，我一点也不满意。"

"中提琴和大提琴用一种特别的节奏为这栋音乐大厦打下基础，"成开始插话，"'嗒……嗒咔嗒咔嗒……嗒……嗒咔嗒咔嗒……嗒……嗒咔嗒咔嗒……'我觉得，我们和康先生没配合好，不够统一。"

成用日语在康和砚芬之间协调时，总会在他们的名字后面加上"桑"，他觉得这个后缀表达了恭敬，包含了友好平等的感觉，他很喜欢。

"对，是这样的，"砚芬答道，"我觉得应该制造一种音色上的圆润感……如果我们打下的基础不牢，第一小提琴就不能在这个基础上搭建优美的主题①。"

"您说得对，砚芬小姐。"裕也开始发言。

他慢条斯理地说着，就像一边思考，一边精心挑选词语送到嘴边。

---

① 主题（theme），音乐术语，指乐曲中具有明显特征并处于显著地位的一段旋律。一个乐章往往拥有多个主题，或者同一主题的不同变奏形式。跨乐章的主题比较少见。

"我觉得应该统一一下演奏的速度。舒伯特标注了这是'勿太快的快板'。我的看法是,必须足够慢才能显得庄重,这也是作品固有的庄重感,但又不能太慢,否则会变得过于多愁善感。"

"我们刚才太快了……"成看着砚芬,低声说。

"我觉得是快了点。"裕答道。

然后,他又说:"在我看来,我演奏的主题表达了对过去世界的怀念,这个世界可能和童年混合在一起。总之,是一个宁静安定的世界,比今天丑陋暴力的世界和谐得多。然而我听到中提琴和大提琴演奏出'嗒……嗒咔嗒咔嗒……嗒……嗒咔嗒咔嗒……'的动机[①],就像一种顽固的威胁势力,随时会侵扰看似平静的生活。康先生演奏的旋律表达了我们内心深处的不安和悲伤……"

"啊,说得太好了,水泽先生!"康不禁赞叹。

这个中国青年认为,裕准确描述了他在演奏乐曲开头的动机时的感受。砚芬对"不安与悲伤"也颇有感

---

① 动机(motif)是指在音乐作品中重复出现的短小的音乐素材,可以是特定的旋律、和声、节奏等。作曲家通过音乐动机的重复、对比和发展来构建音乐作品。

触,一段旋律涌上心头,萦绕盘旋,那就是《魔王》①精巧的钢琴伴奏,但她没说出口。

"我们从头开始吧?"成提议。

四位乐手准备重新演奏第一乐章的开头。沉默了好几秒,康才微微点头,示意开始。中提琴和大提琴以更缓和的节奏演绎令人不安的震颤,第二小提琴勾勒出柔软顺滑的中线,这一次,舒伯特标志性的音乐意象出现了,难以形容的哀伤也愈发明显。

"Do-mi-do-si-do-mi-la-mi, do-mi-do-si-do-mi-la-mi。"

这时,裕的琴声轻柔地加入进来,落在另外三把琴搭建的坚实基调上,虽然他们是以极弱的方式演奏。他庄重地展开第一个主题,一种令人震颤的美。

"Mi~~~do~la~~, do~si~~~~-re-do-si-do-si-la-~do~si~~~so#~do~~~la~re~~re#~~mi~~~"

裕演奏时紧闭双眼,仿佛脱离周遭一切可以帮他尽可能深地钻进音乐里。演奏完这个主题,他睁开眼,面带笑意,示意其他人保持这种状态,继续演奏。

四重奏组合一口气完成了第一乐章的开头。正准备

---

① 《魔王》是舒伯特于1815年根据歌德的同名叙事诗所作的叙事曲,通过不同的旋律音调,配上不同的唱腔,用钢琴模仿持续不断的急驰马蹄声和呼啸的风声,表现叙事诗里儿子、父亲、魔王以及叙事者四个性格各异的人物和特定的环境。

第二次演奏重复部分时，四个人很自然地停了下来，就像之前说好了似的。

"我觉得，这样好多了……"康用试探的口气说。

"是，我觉得非常好。跟大家一起演奏，我真的很快乐。"砚芬说话时有点激动，脸微微泛红。

"我没有完成好从主题转成大调这一部分。"裕放下琴弓，一边说，一边用右手挠头。

"哪里，哪里，水泽先生拉得很好。"康连忙说。

"那个时刻美得惊人！可我没有达到那样的高度，我觉得……"

"这个转调，真的特别美妙，"成感叹道，"就像景致突然变亮。"

中日四重奏组合就这样继续练习了一个小时左右，磕磕绊绊，把整个第一乐章演奏了一遍。当第一小提琴手演奏完最后的二十个小节，重新回到怀旧的主题时，四位演奏者都觉得，他们像是在一起攀登令人眩目的顶峰。两位小提琴手先用最强力度，再用最弱力度，然后再用最强力度，完美描绘出一幅怀旧孤寂的画面，中提琴手和大提琴手联手保持有力的低音，伴奏始终紧迫并逐渐上升。最后，他们奏响了A小调最后的和弦，沉默片刻后，他们长舒一口气，露出满意的微笑。

"呼！"裕长舒了口气，说，"我们步履蹒跚，好在最后还是走到了终点。"

他脸上露出一丝笑意，布满皱纹的额头渗出一些汗珠。他提议休息一下。

"好。"成和康异口同声答道。

"我们喝茶吧？我去烧水。"裕说。

他们走到杂物间里去放自己的乐器。

"水泽先生，我来准备茶水。"砚芬的声音清澈悦耳。

中国姑娘把自己的琴装入琴盒，接过裕递给她的一小盒茶叶，朝杂物间对面的小厨房走去。

## 3

砚芬端着白色茶壶走过来,裕已经把五只不成套的茶杯放在海军蓝的方巾上,方巾下面是那两个临时拿来当乐谱架的纸箱子。

"我这里糖不太多。有谁需要?"

"我!"礼合上书,高兴地答道。

砚芬往杯子里倒茶。临时餐桌的正中放着一碟酥油饼干。

"大家自己动手吧。"裕直截了当地提议。

"啊,音乐真是太不可思议了!"康感慨道。

"是啊,太不可思议了!"成表示赞同,顺便拿起一块酥油饼干,说,"我要开动了!①"

"面对残暴的疯狂世界,音乐诗人舒伯特愈发孤独,跌进了忧郁的深渊,真是……我和康一样,都很认

---

① 这是开始吃饭前说的话,字面意思是"我恭敬地接受您的赠予"。——原注

同水泽先生的分析，真是说到我心里去了。"砚芬说。

她说，伤感的旋律可能是舒伯特作品的一大特色，或出现在低音乐器发出的沉重的不安之上，或与之相伴。在音乐家最后的钢琴奏鸣曲里，她也经常找到这种伤感。

"砚芬小姐，您还弹钢琴吗？"裕问道。

"是的，在中国，我经常弹。现在不弹了，我在东京没有钢琴。"

"忧郁是一种对抗，"裕说，"在丧失理性的世界里，恶魔剥夺了个人的思想，拖着世界走，我们怎样才能保持清醒？好在舒伯特与我们同在，就在此地此时，他是我们这个时代的人。这是我的深切感受。"

礼把饼干浸入茶水，再拿起来吃。吃下两三块后，他回到自己的椅子上，又拾起那本显然已经读完了的书，重新回到某些段落，准备加倍用心地再读一遍。不过每次父亲说话，他都会抬起头，而且听得越来越专注，虽然他并不太理解大人用词的含义。

"无论怎么样，"裕坚定地说，"我相信1938年的今天，整个国家都陷入穷兵黩武的执念，被民族主义的毒瘤吞噬，把人划分成'我们'和'他们'的时候……在东京的一个角落，中日四重奏组合演奏舒伯特的《罗莎蒙德》是有意义的。"

"您的声音太大了，水泽先生。"康小声提醒。

"对不起。"

"谁还想喝茶？"砚芬问。

成把杯子递给她。

"水泽先生呢？"

"不用了，谢谢。这些就够了。"

砚芬又问正在看书的孩子。

"礼，你还想喝点茶吗？"

"嗯，请给我一些茶。"

男孩迈了三大步，走到砚芬身旁，砚芬帮他把茶杯斟满。

"小心点，很烫的。"

砚芬面带微笑，递给礼一块饼干。礼羞涩地对她表示感谢，然后迈着小步往回走，以免茶水溢出。

"我有一个问题想请教你们三位，"裕突然发问，"这个问题和音乐没有任何关系。"

三个中国人对视一番，日本友人突然用有点正式的语气说话，让他们感到很好奇。

"自从去年我们两国全面交战，大多数中国留学生都回了国，你们为什么决定继续留在日本？你们真是勇气可嘉……"

成自然地接过话来：

"的确，从去年开始，很多中国人回国了，留学生的人数减少得相当快。不过也有人在这个时候无惧战争，来到日本。人数不多，但确实有这样的人。日中文化中心还在继续工作……"

"你没有准确回答水泽先生的问题，"砚芬插了一句，"为什么你不怕那些不可否认的困难，甚至是危险，在现在这种战争状态下还留在东京？这才是水泽先生问的问题。"

砚芬的日语句法完美得无可挑剔，嗓音清亮如同电台主播，这些再度引起了礼的好奇。他抬起头，盯着大人们，他们已经开始谈论舒伯特音乐之外的话题了。

"我在东京生活了四年。按照官方说法，我还是学生，但我的生活已经在这里扎了根。我结交了像您这样的朋友，我非常信赖的朋友。而且，我有一个日本女朋友，我和她正在考虑我们的将来……"

成的脸红了，就像灌了一大杯啤酒，立刻进入醉醺醺的状态。

"的确，"轮到康发言了，他的声音很腼腆，"卢沟桥事变后，两个国家全面交战。不过，我并不完全等同于中国。我是中国人，我说汉语，但我认为自己首先是一个不属于任何群体的自由人。我尽量先把自己当成一个人，然后才是中国人。同样，我也不会把我的日本朋友们等同于他们的国家。我相信友谊可以超越国家间的对立……"

康说日语时略显犹豫，而且有种特别的口音，他沉稳的发言让砚芬有感而发。礼原本坐着，书摊在膝头，现在他缓缓站起来，走到裕身后站着，右手搭在父亲的左肩上，书紧贴着胸口。

"我的想法和康一样，和水泽先生您应该也是一样的。既然这是我们的私下讨论，我就开诚布公地说。"

砚芬压低了声音。

"坦率地说，我对大日本帝国的殖民扩张十分愤慨，但我不会因此混淆个人和由他们组成的国家。在今天这个世界，我们不可避免地归属于某个国家。但每个人首先应该把自己当成一个超越群体归属的个体。我当然是个中国人，我说汉语，但我不希望大家只看到我是个中国人……我身上这种由出生偶然定义的特性和我的个性不是一回事儿。"

裕沉浸在友人的回答中，忘了自己的茶。等他一饮而尽的时候，茶已经凉了。他放下茶杯，摩挲着儿子搭

在肩头的手,对三位友人说:

"你们的话让我深受感动。我宁愿和你们这样的朋友一起活在敌国,也不愿活在面目可憎的祖国,与一群卑躬屈膝的同胞为伍,他们只知道发誓效忠这样的祖国。我要和你们在一起,永远和你们在一起,哪怕有人骂我是'不良庶民''国家叛徒''非国民'[①]。"

礼对父亲最后说的那个词"非国民"特别有感触,他忍不住对父亲说:

"爸爸,我知道这个词。我在书里看到过。黑川那伙人揍北见的时候就用了这个词。"

"礼,你说得对,"裕转向儿子,"这个国家的权贵常常用这个'神奇'的词,压制不服从他们命令的人。他们觉得自己占据了世界中心,什么都要围着他们转,就像哥白尼在他那个时代批判的那群权贵。这个词很卑劣,使用它的人会掉价,被它指责的人却不会!你和我的看法相同:北见完全有理由对黑川和他的同伙们说不,这帮人要求北见服从他们,因为他们觉得只要年长,就有理,就有权威。这是一种荒谬的秩序,因为它根本不考虑

---

① 此处原文为日语中的罗马字hikokumin,意思是背叛国家的日本国民。在二战之前和二战期间,"非国民"被用于称呼那些在日本发动侵略战争时不支持或者反对穷兵黩武扩张政策的日本人。

正义与否。年长的人不能因为年长就觉得自己总是有理！他们不知道，用这个可怕的词会让自己变得多可憎。"

中国友人十分惊讶，他们静静地听水泽裕对儿子说话。

"好了，是时候找回我们亲爱的舒伯特了……"裕看了眼手表，脸上露出灿烂的笑容。

大家只用了几分钟就把东西归整好了。裕把两只纸箱放回原来的位置。大家去杂物间取出乐器，当他们再次围成半圆形时，礼也回到自己原来的位置，重新扎进书里，寻找出现"非国民"的那一页。

"水泽先生，我们从哪儿开始？"康问，"我们开始练第二乐章还是继续练第一乐章？"

"呃，你们觉得呢？你们想挑战《行板》吗？"

"也许可以先练第二乐章，"砚芬提议，"哪怕还要再回头来练习《勿太快的快板》。成，你说呢？"

"同意，我特别期待《行板》的演奏效果。不过，水泽先生可能希望我们再练习一下第一乐章……"

"我们离练好《勿太快的快板》还差得远，不过我同意开始探索第二乐章。"

裕犹豫了很久，其他三位乐手都不知何故。他再开口说话的时候，语气和之前的完全不同。他把小提琴立在膝头，右手下垂，拎着的琴弓几乎要碰到地板。

"我要说个无关的话题……我有个提议……"

礼对父亲声音的细微变化十分敏感,他把目光转向父亲。

"我们是四重奏组合,一起演奏舒伯特。在这部宏伟的作品面前,我们四个人都很渺小……"

中学生合上书,一动不动,目光紧随着父亲。

"不过,有一种不对等,在我看来并不太好。我指的是我们在一起时的感觉……你们三位用我的姓称呼我,叫我水泽先生,而我却用你们的名称呼你们。为什么不叫我裕先生呢?"

"在日语里,不是很难甚至不可能用名来称呼人吗?"康一边问,一边把琴和弓轻轻地放在地上。

"是,确实是这样。通常,不这么称呼,或者只能在某种条件、某种场合下使用,我解释不太清楚……但我就是这样称呼你们的!也许我们可以考虑互相用名字称呼对方,不用'桑'的后缀,就像一些欧洲语言……这样会很激进吗?"

"您希望我们之间有一种更大的自由和更彻底的平等,好让我们说话更自由一些?"砚芬问裕。

"完全正确。我们用我们的共同语言来相互定义!在语言面前,在语言之中,我们要保持平等……"

大家陷入了沉默。砚芬率先将它打破。她把乐器和琴弓放在膝头,裙子完全盖住了双膝。

"既然水泽先生……不对,裕先生……不对,既然裕坚持,那么我们就试试看,用我们各自的名字,建立一种新空间,在我们之间建立新的相处模式!我想,本国人很难改变自己的语言,因为他们封闭在里面了……外国人才能带来变化!"

"谢谢你,砚芬……"

裕差点就要说"砚芬桑",不过忍住了,没有说出那个自动加上的顽固后缀。砚芬这两个音节之后是一个空白音,产生了一种戛然而止的强烈效果。

孩子聚精会神地听着大人们说话,父亲和年轻的中国女人互相用名字称呼带来的奇特感觉让他十分惊讶。

砚芬出人意料的大胆尝试鼓舞了裕,于是他继续往下说:

"你们知道,我在跟菲利普学法语,你们刚才见过他……有一天,他跟我说了一件事,让我特别震惊,也让我思考了很久……那就是,在法语里,人们用同样的词称呼任何一个和自己对话的人……称呼咖啡馆的服务生、出租车司机、医生、教师甚至部长,都用一样的词……"

"啊,这好复杂呀!"成调侃道。

"是，我觉得这好像不太容易理解……那我按照我自己的理解试着解释一下……我认为，对菲利普来说，语言，也就是法语，是使用者平等分享的公共财产。社会关系中的高低级别并没有嵌入这种语言，不像日语……"

"我好像明白了。"成接过他的话，他把大提琴夹在两腿之间，仿佛要和乐器相拥起舞。

"把语言当作公共财产平等分享，"砚芬说，"一定能让横向的社会关系更融洽，减少一些人支配另一些人的可能……"

"说得太对了，"裕转向砚芬，"这是好事，不是吗？"

"尤其在我们所处的今天，我觉得。"中国姑娘说着，冲裕微微一笑。

"假设我和非常重要的人谈话，他的社会地位很高，比如说他是部长……我想提到他的父亲，那么在法语里，我只能用'您的父亲'。对这位部长来说也一样，如果他要称呼我的父亲。"

"在汉语里……他也只能用'您的父亲'来称呼。"成补充了一句。

"但是在日语里，"康开始说，"我们必须根据自己和谈话对象的相对地位，选择恰当的词……"

"是的，就是这样，完全正确。"裕表示赞同。

"同样的，在日语里，我们不能对所有人都使用人称代词'您'，"砚芬提醒大家，"这真是让我感到沮丧……我总想用'您'称呼我对面的人……但我知道这是不行的……"

"是啊，"成叹着气，露出一丝苦笑，"不能对谈话对象说'您'……"

"……"

四重奏组合的成员都没有说话，陷入沉思。裕打破了长时间的静默无言，提议练习第二乐章。

没等大家回答，裕就把小提琴放到了下巴下方。

礼一直在观察大人，合上的书放在膝盖上。他特别专注地听父亲和他的音乐家朋友说话。

"好，我们开始吧。"康和成同时回应。

"《行板》和《勿太快的快板》一样怀旧悲伤，"砚芬说，"那我们就延续我们的反抗行动……对吧，裕？"

礼惊讶地再次听到别人叫父亲的名字，他看到砚芬微微泛红的脸上露出优雅的笑容。

乐手们都就位了。每个人都屏住呼吸，准备演奏。一种绝对的安静降临在他们中间，不断延伸。礼一动不动,像冬天池塘底的鲤鱼,目光锁定在他们身上。终于,裕发出开始的信号,只见他还没吸完一口气就微微点头示意。

一段简单、深情、刺痛心扉的旋律在第一小提琴的琴弦上流淌,清澈得如同一眼泪泉。

中学生仿佛惊呆了,又像是崇拜到动弹不得,他竖起耳朵听,同时感到身体在微微颤抖,一股暖流涌到耳后。四位演奏家时不时默契对视,笑意盈盈,如同卡尔波①雕刻出的儿童。第一小提琴继续精巧地绘制温婉的旋律主线,其他三支乐器支撑着它,就像稳固的基座托起一个巨大易碎的陶制仙女塑像。

突然,嘈杂的人声和军靴声撕碎了舒伯特的音乐。一群男人含混不清地说着话,他们的军靴声猛地冲进大楼,往楼上涌。

裕出于本能站了起来,跑到儿子身边,左手拿着琴和弓,拉着孩子的左臂,让他立刻躲进大壁柜里。礼赶忙钻了进去。

---

① 让·巴普帝斯蒂·卡尔波(1827—1875),著名的法国雕塑家,代表作为《乌谷利诺及其子孙》。

"在我回来之前,千万别动,好吗?"

"啊,小哥白尼!"礼大叫一声。

裕跑回去,拾起椅子上的书,递给躲进壁柜里的儿子,立刻关上柜门,然后腾地一下走到杂物间,把琴和弓放入琴盒,又迅速走了出来,靠墙站着,深吸了一口气。

三位中国乐手完全惊呆了,他们看着他,没说一句话。他也看着他们,还朝他们微笑。

# 4

礼在黑暗中寻思正在发生和将要发生的事。他为什么必须待在这儿,独自一人,在这个昏暗的藏身处?要待到什么时候?他徒劳地问自己这些问题,毫无头绪……

很快,他听到了一些骚动。为了避免发出毫无必要的噪声,他脱掉鞋子,把鞋子放到并拢弯曲的膝盖下。锁眼闪着光,就像黑夜里的星辰。他的右眼慢慢靠过去,停在距离星星两厘米远的地方。星辰在他的虹膜上映出一个光点,像是绕着星球转动的行星。

孩子眨了两下眼。

## 5

裕刚把乐器放进杂物间,正准备去和四重奏的其他成员会合,就有人把大会议室的门猛地踢开了。五个穿土黄色军装、头戴同色军帽的士兵闯了进来。个子最矮的那个,身体敦实,体毛很重,双手在背后交叉,一副不可一世的样子,他立刻开始四处检查。其他士兵站得笔直,面朝着刚走到中国友人身边的裕,三位友人把乐器紧贴着自己的身子。"毛熊"兵打开杂物间的门,扫了一眼里面散乱的物件,就把门合上了。他走到长椅旁边,凑到巨大的壁柜前,盯着看了很久,好像从来没见过这种家具。躲在里面的男孩不敢再从锁眼往外看。他害怕得浑身发抖,隔着柜门似乎都能听到那个大兵军服窸窣的摩擦声和呼吸声,那个人好像气得发疯,急促地呼气吸气。他慢慢地回到下属看守的音乐家面前,从头到脚打量着裕,他打破沉默。

"你们在这儿干什么?"他用专横无礼的口气问。

"我们在演奏音乐。"裕赶紧回答,"我们在排练。"

"拉着黑色的窗帘?"

"那是为了集中注意力,而且这样更安静……"

"你们在排练什么音乐?"

"弗朗茨·舒伯特的《A小调弦乐四重奏》,通常称为《罗莎蒙德》。"

"那不是我们这儿的音乐。"

"您呢,您也演奏音乐?"当兵的走到砚芬面前,直直地盯着她的眼睛,问。

礼听不清他们说的话。他分辨得出父亲的声音,但听不太懂他说的内容。连续不断的说话声突然停住。过了在他看来漫长的五六秒钟,他又听到父亲温暖的声音,奇怪的是,他的声音显得异常紧张。

"是,她是我的妻子……爱子。她拉中提琴。"

就在那一瞬间,砚芬偷偷看了裕一眼。

"对,我先生是第一小提琴手,"砚芬沉稳地加入对话,"这几个星期,我们和他一起练习舒伯特的四重奏。"

"话说,你的妻子好年轻啊!"又矮又壮的家伙语带嘲讽。

士兵脸上露出了愚蠢和讽刺的笑,他们原本面无表情,安静地站成一排。

"另外两位……这两位先生呢?"大兵轻蔑地追问。

"他们两位,"裕赶紧解释,说话有点结巴,"他们是……他们两个……是获得中日研究中心奖学金的学生。他们是我的朋友,和我们一起玩音乐,放松放松。"

"你跟中国佬来往!还演奏长毛白鬼子、可疑的外国人的音乐!都是我们敌对的国家!你真是错上加错。"

"先生,请对我们的客人礼貌一些。请您收回刚才说的那个可怕的词。再说,舒伯特是奥地利人。奥地利不幸被纳粹德国吞并,所以,舒伯特的音乐不是敌国的音乐,我提醒您注意这一点……先生。"

"毛熊"兵凑到裕跟前,无声的怒火使他的脸涨得又红又紫。他的脸和裕的脸就相距十厘米。

"我们正在跟中国佬打仗。这是跟你的客人玩音乐的时候吗?"

当兵的在"客人"这个词的发音里倾注了愤怒和恨意。

"去年,波兰著名指挥家约瑟夫·罗贞修德克①来日本指挥新交响乐团②……在日本,我们可以演奏欧洲音

---

① 约瑟夫·罗贞修德克(1895—1985),指挥家,出生于波兰,曾在德国、日本和美国多地担任交响乐团的指挥,对日本的"西洋音乐教学之父"斋藤秀雄产生过重要影响。
② 新交响乐团成立于1926年10月5日,是日本第一家专业交响乐团,后改名为日本NHK交响乐团。

乐……先生。音乐可以跨越国界，是全人类的遗产。"

"你不会是赤色分子吧？！只有共产党才像你这样说话！"

穿军装的男人怒火中烧，气得浑身发抖。

父亲的话传入昏黑的壁柜，在柜体里微微回响，就像远行的人隔着即将开动的列车车窗，尽力向深爱的人道别一样。父亲说的话，礼一个字都不想漏掉，然而一个狂躁的人在咆哮，严重影响了他的注意力，他觉得那个人正在整个房间里制造恐怖。

"不，先生，我不是共产党。我只是说出自己的理性思考……"

"是你的理性告诉你的？呸！好有学问的知识分子啊！"

恼羞成怒的"毛熊"兵朝他脸上吐了一口唾沫。裕用衣袖擦了擦脸。

"你们四个聚在这儿真是为了音乐，不是为了别的？音乐难道不是你们的伪装？你，我看你就没有乐器。"

"先生，如果您愿意，我可以给您看我的乐器。我把它放在那边的杂物间了。我能去取吗？"

没等怒气冲冲的大兵回答，裕就起身去取了。

礼听到脚步声。显然，没有人说话。

裕打开杂物间的门，士兵们全部转向他，摆出进攻的姿势。他消失在门里，不一会儿又出现在门口，拿着他的小提琴，走到那个士兵面前。

"先生，这是我的小提琴。"

裕把乐器递给那个怒汉。对方接过乐器，仔细查看，就像第一次看到摸到弦乐器。

"你叫什么名字，中国佬的朋友？"

那个当兵的眼里充满仇恨。

"水泽。"

礼听到父亲说出自己的姓氏。他想看看外面的情况，小行星再次靠近光球。

"水泽，你太放肆了！你不尊重天皇陛下的士兵！"

说"天皇陛下"四个字的时候，又矮又壮的士兵立正了两三秒钟，就像真的站在了天皇面前。

"得好好教训一下你！"

话还没说完，他就一拳砸在裕的脸上。裕倒了下去，又站起来。这时，那个当兵的揍了他第二拳，比第一拳还要用力。裕又倒了下去。砚芬本能地蹲下去扶他，把自己的中提琴和琴弓放在地上。她挽着他的手臂，愤怒地盯着挥拳的蛮汉。

"我的工作就是整治你这种'非国民'！"

他恨得咬牙切齿，使出全身力气把小提琴摔在地上，用笨重的皮军靴把它踩扁。弦乐器被损坏，被踏扁，支离破碎，发出垂死的哀鸣。在森林里被狠心的猎手围猎的动物也不会发出这种声音。

礼透过锁眼完整目睹了这难以承受的场景，但他并不能完全听懂父亲和士兵之间的对话。父亲遭受的暴力搅得他心烦意乱。他感到无助，害怕极了，身体蜷在一起，在藏身的小黑洞里焦急地等待着。只有"非国民"这个丑恶的词和父亲的小提琴发出的渐弱又不着调的哀音在他耳畔震动回响。

## 6

有个人走了进来。礼双手夹着书,侧耳倾听。脚步声混杂着说话声。突然,那个蛮横的士兵的声音冲破嘈杂声:"中尉!"

# 7

一个瘦高个的军人带着几个士兵走进来,面容温和,神色稳重,军刀挂在身体一侧。那个矮墩墩的"毛熊"兵和其他四个士兵立刻转过去,向他行礼。

"稍息!楼上一个人也没有,没有任何异常,也没有可疑的地方。田中下士,这里是怎么回事?"

看来,那个可恶的士兵姓田中,藏在昏黑的壁柜里的礼对自己说。田中保持笔直的站姿,脚后跟并拢,双臂贴在身体两侧,他要回答刚刚出现的那个人的提问。

"中尉,我问这几个可疑人员拉上黑色窗帘在这儿干什么,他们自称在一起玩音乐,不过,我觉得他们打着排练音乐的幌子在开秘密会议……"

中尉满脸怀疑,一边听下属报告,一边看摔在地上的小提琴。他的目光转到站在一旁的四个人身上,他们沉默不语,显然充满了戒心,带着敌意同时又很害怕。他注意到年轻女子搀着一个鼻青脸肿、头发凌乱、嘴角淌血的男人。中尉打断田中，用下巴指了指毁坏的乐器。

"这把小提琴怎么被摔烂了？"

"是我摔的，中尉。"

"为什么？"

"因为这个人，"下士食指指着裕，"对天皇陛下的士兵出言不逊。"

田中就像几分钟前那样，准备说出"天皇陛下"四个字时就立正站好。

"田中下士，看来你不知道小提琴的价值，也不知道它包含了多少人的心血……"中尉说。他声音沉稳，同时透着一丝无奈。

"中尉，我是想教训教训这个粗鲁的家伙，他是'非国民'，我们在打仗，这个共产党分子竟然跟中国佬一起玩音乐……"

那个野蛮大兵又扯着嗓子喊"非国民"这个词，躲在洞穴般昏黑狭窄的柜子里的初中生听到这个词，吓得要死，蜷成一团。

中尉转向受伤的男人，礼貌地询问他们排练的作品的名字。

"舒伯特的《A小调弦乐四重奏》，先生。"

"《罗莎蒙德》。"

"正是。您知道这部作品?"

"对,有一点了解。那是一部非常美妙的作品!"

"是的,绝对是。我的夫人爱子和我们的中国朋友宋康先生、王成先生这几个星期一直在排练这部作品。"

中尉向他们微微鞠躬致意。两位男士、砚芬以及被她搀扶着的裕也不动声色地点头回应。

"所以,这把小提琴是您的?"中尉尴尬又苦恼地问道。

"是的……它现在彻底坏了,这把可怜的琴……"

透过开裂的面板,中尉看到音柱已经碎成两截。

"这是大师制作的琴吧?"

"这倒不是斯特拉迪瓦里①制作的小提琴,"裕挤出一丝苦笑,"不过也是有些年头的琴了,是法国的提琴制作师尼古拉·弗朗索瓦·维尧姆制作的,完成于1857年。我觉得它不是一把特别名贵的小提琴,价格不会太高,反正比他哥哥让·巴蒂斯特②制作的琴便宜不少。"

"您担任第一小提琴手,先生?怎么称呼?"

"我姓水泽。对,我是第一小提琴手。"

---

① 安东尼奥·斯特拉迪瓦里(1644—1737),迄今最伟大的小提琴制作师,他制作的琴现已成为收藏的珍品和后人仿制的范本。
② 让·巴蒂斯特·维尧姆(1798—1875),法国制琴大师。

听到父亲以他特有的男中音说出他们的姓氏，礼在阴森的壁柜里瑟瑟发抖。

"水泽先生，能否请您演奏一段，向我们证明您确实是在演奏音乐？我本想请您和您的夫人还有其他几位朋友为我们演奏《罗莎蒙德》，不过很遗憾，因为令人不愉快的误解，您的琴已经坏得不成样子了……"

中尉应该听到身后军服摩擦的窸窣声，还有微微搅乱气流的不均匀的呼吸声。田中下士挠了两次脖子，脸上出现焦虑的抽搐，仿佛有蚂蚁爬过。

"如果宋先生愿意把小提琴借给我，我可以演奏一段巴赫……"

"您是否愿意把乐器借给他，宋先生？"中尉礼貌地问。

"非常乐意。水泽先生，虽然它和您的才华无法媲美，但我还是很高兴看到您用我的琴演奏巴赫。"

康把琴递给裕。

"谢谢，康。我要去取我的琴弓，如果您同意的话。"

"水泽先生，您请。"

裕轻轻移动肩膀，离开了砚芬的臂弯，然后走向杂物间，拿着琴弓走回来。他开始调音，用左手手指轻微转动四根弦轴，右手用琴弓依次拨动四根琴弦，偶尔摸一下微调①。漫长的一分钟后,他准备好了。他闭上眼,深吸一口气,然后睁开眼。

"我开始了。"

裕朝乐手朋友们温柔一笑,又向中尉微微点头致意。

他把琴弓放到琴弦上。令人凝神静气、深情、清澈的音乐缓缓升起,穿透宗教仪式般的宁静,没有一丝纷扰,没有一个人敢去打破。

---

① 微调是对琴弦音高进行微小调整的工具,通常只装在E弦,也就是最细的那根弦上。

8

　　裕演奏时一直闭着眼，时而弯腰，时而直起身子，时而左右摆动。乐曲的开头是欢快跳跃的主题，就像久居城中的少年在阳光明媚的清晨到乡间散步的背景音乐，一种幸福感推着他向前走，好奇心驱使他去发现四周的美景。过了一会儿，音乐的色彩和气氛变了，像在表达少年看到晴空在几分钟内变得乌云密布时的担忧。不过，这只是短暂的转阴。不久后，乐曲开头的欢快主题又出现了。我们听了几次这个欢乐灵动的主题？在反复出现的主题里，在不停地"编织"同一主题的念头里，我们感受到作曲家对这段欢快俏皮的旋律的热爱，人们对儿时学会的小曲也会产生这种无条件的爱，它就像源源不断的泉水在人们心间不停地涌动，无论在童年还是在暮年，随时都有可能喷涌而出。然而，散步必须结束。乐曲突然变得缓和，小提琴手的身体从右摆向左，又从左摆向右，他突然弯下腰，像是要聚拢全身力气最后演绎一次出现的主题。这个主题已经被多次演绎，每次编排都有细微差别。整个乐曲持续了将近三分钟。在这三分钟里，音符像是暴雨后从竹叶上滴落的一串晶莹剔透的水珠。琴弓离开琴弦，最后一个音符结束，长时间的静默无声。

裕睁开眼睛，看着他的朋友们。掌声零零散散地响起，很快被压了下去。中尉低着头，双手叠在背后，闭着眼从头到尾听完了演奏。他看着小提琴手。

"巴赫的《E大调第三组曲》里的《加沃特舞曲》①。"中尉的声音在颤抖。

"我应该先练习一下的……刚才这样演奏，我觉得破坏了这部杰作。"

"不，水泽先生，您演奏得十分精彩。"

这位军人站在惨淡的灯光下，裕在他眼中看到泪水涌出的痕迹。

"您是专业演奏家吗？"中尉继续问道。

"不是，我是英语教师，只在业余时间拉小提琴。我喜欢音乐，我认为，音乐，就算是来自另一个文明的音乐，来自与我们交战的国家的音乐，也是全人类的遗

---

① 《加沃特舞曲》是源于民间而后流行于上流社会的一种法国舞蹈音乐。

产……"

"《罗莎蒙德》和《加沃特舞曲》会比我们长寿，这是肯定的。总之，谢谢您为我们演奏，水泽先生。我想，事实已经很清楚了，水泽先生和他的朋友们刚才是在这里演奏音乐。嫌疑解除了，不是吗，田中下士？"

下士没有作答，中尉进来以后，他就一直站得笔直。他两眼茫然，紧张得发抖。

# 9

这时,一个士兵匆匆跑进大厅,对中尉说:

"中尉,我来向您传达总部的命令。"

"什么命令?"

"所有审问过的嫌疑分子都要带回总部,没有例外,中尉……"

"所有被审问过的人?"

"是,中尉。"

"没有例外?"

"是,中尉。"

田中下士的脸立刻松弛下来。上司不敢看他,让这个又矮又壮的家伙心里乐开了花,但他丝毫不敢扰乱表面的秩序。然而,在场的每个人都听到了他无声的嘲讽和冷笑。

"水泽先生,您听到了,"中尉走近裕,低声对他说,"我不得不把您送去总部。您的妻子和朋友们也得去。我希望你们能尽早获释。"

"下士!"中尉喊了一声。

"是,中尉。"

田中重新直起身子,眼睛望向上级的军帽。

"我命令你送他们去总部。去吧!"

"是,中……"

"先生,请给我们一点时间,让我们收好自己的乐器。"

没等下士说完,砚芬就冷冷地打断了他的话,一边收拾地上的乐器。这个粗暴的大兵殴打裕的时候,她把乐器放在了地上。

"当然,夫人。请吧!"

砚芬和另外两位乐手一言不发走到杂物间,把他们的乐器放进去。他们刚一出来,田中下士就命令手下押送"可疑的夫妇和中国佬"。几秒钟后,大厅变得空荡荡的,只有中尉还留在那里,被突然的安静包围着,远去的脚步声让他心神不宁。

# 10

他的目光落在残损的小提琴上。他蹲下来,小心翼翼地用双手捧起受尽折磨的琴身,四根松弛的琴弦画出扭曲的弧线,就像覆盖在意外事故中的伤员或无差别轰炸中的遇难者脸上的电线管道。他在琢磨怎么处理这把琴。他注意到大厅深处靠背长椅旁的欧式壁柜,忍不住想,这个静立在一旁的大物件为什么会来到这个无名的区文化中心,又是怎么进入这个大厅的。他走过去,在壁柜前停下脚步。身材挺拔的他比柜子高不少。他把小提琴放在壁柜左边的靠背长椅上,尽可能地轻放,像把刚入睡的婴儿放入摇篮那般细心温柔。然后,他慢慢打开柜门,像是一边打开,一边对自己不谨慎的行动道歉。柜门上缘和他胸口齐平,光照进柜子里,把内部空间分成大小不同的两份——阴影部分和光亮部分。孩子套着绿袜的双脚进入他的视线。白花花的小腿突然出现,让他大吃一惊。这时,孩子怯生生地伸出颤抖的手，去抓脚边的书。中尉只来得及看清书名——《你想活出怎样的人生》。他慢慢弯下腰，动作特别慢，仿佛在犹豫……他的眼睛十分闪亮，像黑暗中窥探的猫眼，对上了吓得脸色惨白的男孩的目光。他朝孩子笑笑，不想吓到他，然后，侧身探向左边的长椅，抓起小提琴。突然，远处传来一个男人的呼叫，那声音就像戏台边奏乐的小号：

"黑神！黑神！"

中尉机械地转过头，像在琢磨声音到底是从哪儿发出来的，又像在辨认是谁在叫他。他的脸紧张地抽搐了一下。他一句话也没说，就把破碎的小提琴递给那个孩子。琴身瘪了，四根弦凸了出来。这把琴就像暗夜中拖着病躯的小动物。男孩不知该怎么做，不过，最终还是战战兢兢，双手接过受伤的乐器。

"黑神！黑神中尉！"

中尉听出是本庄上尉的声音。

他盯着颤抖的男孩，看了最后一眼，赶紧合上柜门。他的目光里透着担忧和惊慌，随后露出一丝微笑，不过他很快就收起笑意，叫他的人越来越近。

"啊，原来你在这儿！黑神，你在这儿干吗？大家都走了，别磨蹭了。"

"是,上尉!对不起,我在确认是否有遗漏……"

礼在漆黑的柜子里分辨出一个冷酷的男声,觉得是刚才喊"黑发"的那个人。听到"黑发",他很诧异,很难想象有人姓"黑发"。那个人说话的语气很生硬,或者说像是在发脾气,男孩听不太懂他的话。他让男孩感到害怕。另一个男人用沉着、平静甚至可以说温柔的声音在回答。是递给他小提琴的那个人吗?

两个人的声音渐渐远去。脚步声也是。礼还在暗处。不一会儿,他什么都听不见了,或者说,所有聚集到耳道尽头的声音都像是蝉临死前发出的微弱而持久的鸣叫。这是耳鸣,他最近跟父亲学了这个词。这是近乎无声的噪声。他透过锁眼往外看。因为拉着黑色窗帘,房间里很暗,不过霓虹灯的光亮足以让他看清房间里没人了。现在几点了?应该还没日落,可是他已经饿了。他伸长耳朵……告诉自己真的没人了,连一只猫的影子都没有。于是,他尽可能轻地拉动门闩,试着推开柜门而不发出任何声音。可是,门吱呀作响。别出声!他对自己说。等了一小会儿……没有新的情况,还是很安静。一个人也没有。他穿上布鞋,之前为了不发出声音,他把布鞋脱了。他钻出藏身之地,双手捧着受伤的小提琴,裤兜里揣着书,小心翼翼地挪了几步,他走不动,哎呀,他的腿麻了!他停下来,等了三秒钟再走。他穿过大厅,朝出口走去。他使出全身力气推开沉重的大门。现在,他站在区文化中心的楼门口。他抬头看天。太阳都下山了,夜色开始覆盖布满云朵的天空。父亲不在身边,他感到孤独害怕。喉咙里有哽咽的感觉。巨大的黑暗势力压着他,在他身上投下无形却又沉重的阴影。人们从街上走过。肩上扛着机枪的军警在巡逻。礼的周围看不到一个小孩。爸爸去哪儿了?他会回这儿吗?还是会直接回家?他朝家的方向走去。他加快步伐……他抱着受伤的小提琴,想保护这只受了重伤的小动物,帮它避开捕食者,免受强悍猎人的恶意攻击。

## 11

黑夜逐渐替代了白天,人影越来越少。礼朝着家的方向走了十多分钟,从区文化中心到他家大约需要二十分钟。他穿过几条小巷,街巷交错在一起,如同迷宫,不过他和父亲一起走过几次,所以不难找到回家的路。

走到一个小小的路口,毫无装饰的路灯散发着微弱的光,照亮了竹篱笆的一角。篱笆后面是一株新栽的樱花树,他注意到灯柱后面有一只柴犬,一动不动,既没有戴项圈,也没系绳子,三角耳竖着,眼睛盯着初中生,天然朝背部卷曲的尾巴在左右摇摆。礼放慢脚步,担心有人从暗处走过来会让狗受到惊吓,使它扑上来狠咬自己一口。礼尽量不和它有眼神接触,轻手轻脚地走过去,假装不知道狗在暗中观察自己。他就这样往前走了二十多米,然后,一边继续往前走,一边胆怯地回头看看是不是已经摆脱了柴犬的跟踪。并没有,它还在那儿,在他身后五六米远的地方。礼加快脚步,然后突然停下，狗也停下脚步，视线一直跟随着他。礼看到柴犬的卷尾一直像钟摆一样来回摆动。他继续往前走，走出十几米，又回头看。还是一样，狗跟在他后面，保持着距离，和他刚才停下来观察时相等的距离。礼明白了，狗并不想伤害他。现在离家不远了，他蹲下来看着这只狗，几米外的路灯给狗蒙上金褐色的色调。狗慢慢靠过来，它的脑袋和十一岁孩子的脑袋离地面大约半米，两颗脑袋几乎要碰上了，就像要亲吻对方。双方静静地对视着，最后，礼大着胆子，向它伸出手。狗迟疑了一秒，也做了同样的动作。

"你也很孤单？"

礼久久握着柴犬的白爪子，他们俩的影子重叠在一起，映在高低不平的土路上。

"你想跟我走吗？"

礼站起来，继续往前走，同时低头看着柴犬。这只狗自然地站到他的左腿旁，仰着脸，用温和的目光看着初中生。

"你要跟着我走？不回家了吗？你和我一样只有自己吗？"

孩子停下来，蹲下去，双手搂住狗的脖子，狗并没有觉得不舒服，也完全没有抗拒。他们四目相对。狗一动不动，男孩好像从它睁大的眼珠里看到一团跳动的火焰。突然，狗舔了一下孩子的脸，发出含糊的呻吟声。

"好吧，我们走吧！"礼说。

几分钟后，他们来到推拉木门前。那是水泽裕的家，门上挂着的小木牌上有三个书写工整的汉字，即房主的姓名。这栋房子很简陋，是用漆成黑色的木板搭成的，水泽裕租住在这里，旁边还有一栋几乎一模一样的房子。两栋房子笼罩在墨色之中，木制路灯灯柱上的橘光诡异地照在房子上。

"这是我的家。我爸爸还没有回来，我开不了门，只有他有钥匙。我们在这里等吧。"

礼说话的时候，柴犬一直盯着他看，他的语气就像父亲肯定很快就会回家似的。秋意愈发深重，日落后，气温会低到让人打寒战。礼开始觉得冷，和大多数同学一样，周日他也穿校服短裤，一直穿到初冬，但这根本无法御寒。他背靠推拉门，蜷缩着身子。原本蹲坐一旁的狗看到孩子哆哆嗦嗦蜷起身子，便机灵地钻到他胸口和并拢的双腿间的缝隙中。礼感到狗的肚子散发出的热量，几秒钟后，狗闭上了眼睛。不一会儿，男孩也昏昏沉沉地睡着了。

## 12

"礼,你在这儿干什么?"

孩子被一个男人的声音唤醒。他抬起头,揉揉眼。

"啊,菲利普先生……"

"你一个人在这儿干什么?都这么晚了。"

柴犬紧贴着礼瘦小的身躯,猛地转头,用疑惑的眼神看着夜间访客惊讶的脸。

# 第二章

# 行　板

# 1

电话铃响了。

"喂?"

"雅克,是我。你在听法国音乐台吗?"

"没有,我在专心做事,有些东西处理起来比较麻烦。怎么啦?"

白发老人前额宽阔,鼻尖上架着一副镶着渐进镜片的眼镜。他望向镜片上方,愣住了神。

"刚才报道了一个二十三岁的日本姑娘在柏林获得贝多芬国际小提琴比赛冠军的消息。就在昨天。她叫山崎绿。"

"……"

"喂……你在听吗?"

"……"

"喂,雅克,你在听我说吗?"

"我在,对不起。我在听,你说吧。"

"你听人说起过山崎绿吗?"

"没有……我觉得没有……呃……也许听过……等一下……对,有人跟我说起过一个叫绿的人……是山崎绿吗?……我不确定……"

"你知道吗?我一下就记住了这个名字,因为它听起来像一种威士忌①。"

"啊,这倒是。你知道吗,山崎在日本是个很常见的姓,绿也是个常用名。有个人就叫后藤绿……在音乐界应该有几十个姓山崎的,几百个名字叫绿的……"

"你认识不少日本音乐人,所以我想知道你有没有听过这个名字,我没别的意思。"

"可能有人跟我说起过她,但我不会留心记住所有日本人的名字。你知道,现在日本人在国际比赛拿大奖不是什么稀罕事。"

"你说得对……好吧,我不会太晚回家,晚上……"

"埃莱娜,你还好吗?今天的事儿办成了吗?"

"我挺好的。回家再跟你说我跟大提琴家的会面。你那边呢?"

"没问题。我在等小提琴家。那好,晚上见……"

---

① Midori在日语里的意思是"绿",在英文里,它是一种绿色的酒的名称。

"好，我回来的时候要去买东西。你有什么要买的吗？"

"没有，没什么要买的。"

老人挂了电话。他穿着海军蓝的围裙，围裙上零星挂着细长的刨花。他回到工作台边，台上放着一把拆了面板的大提琴，正在维修。旁边是一把还没上漆的小提琴或者中提琴，没有装琴颈和指板，不过弧形的琴身已经完成，琴身的各部分都被巧妙地组装起来了。穿海军蓝围裙的老人左手握琴，出神地看着自己的作品，露出满意的表情。面板上的音孔常常让他想起日本阿龟面具[①]上的细长眼睛，这样一来，隆起得恰到好处的面板看上去就像女人笑意盈盈的脸。在他对面的墙上，挂着各式各样的细木工工具和制作弦乐器的工具。更高一点的地方，可以看到一张装裱在框里的文凭，那是克雷莫纳国际制琴学校[②]的文凭。几分钟后，他的目光离开了自己的"孩子"，还处于胚胎期的"孩子"，转向墙上众多的弦乐器。这些乐器挂在墙顶的木板上，木板有十几米长，从白墙的一头连到另一头。他把椅子转向排列整齐的小提琴和中提琴。在脚边打瞌睡的狗猛地抬头，这只体型适中的短毛犬盯着老人看了很久。

---

① 日本的一种传统面具，看上去像一张双颊饱满的女人的脸。
② 位于意大利北部的顶级制琴学校。

"不,还没到时间,莫莫。现在才四点。晚一点,好吗?"

狗脑袋上的毛是浅栗色的,脑袋上竖着的三角耳微微动了一下,以接收老人说的话。

老人摘掉用细链挂在脖上的眼镜,用双手手指缓慢按摩眼睑,钟表匠和其他行业的工匠聚精会神工作一天后也会这样按摩。他睁开眼,目光放空,陷入沉思,然后再次闭上双眼,背紧贴椅背,双臂交叉,陷入静思状态,几分钟后才回过神来。

他起身穿过小客厅,小客厅里摆着三张皮椅和一张长方形的玻璃茶几。他去厨房给自己煮了杯咖啡,然后回到小客厅,在入墙书架旁边的椅子上坐下。这时,那只母狗——"莫莫"是那头雌性动物的名字——来到他身边,趴在地上。

穿海军蓝围裙的老人再次把目光投向挂在横板上的乐器。

他喝完咖啡,站起来,打开收音机,然后回到自己的作品前,收音机里传来圆润、柔和、悦耳的女声:

"您刚刚收听到的是由阿尔班·贝尔格四重奏团演奏的贝多芬的《D大调弦乐四重奏》。"

有人在敲门。

## 2

制琴师打开门。一个三十多岁的男人站在门口。

"您好,我叫克里斯托夫·鲁本斯。我来早了,不会打扰您吧?"

"不会,不会。很高兴见到您,我是雅克·马亚尔。"

"很高兴见到您。是大卫·特雷夏尔介绍我来的。"

"对,我知道。请进。"

老人领着年轻人进入小客厅。

"谢谢您接受我的紧急委托。"

"别客气。您明晚有音乐会,对吧?"

"对,就是明晚。我前天回到巴黎就发现我的小提琴状态不好,声音跟平时不一样……"

"您乘飞机旅行了吗?您去了哪儿?"

"圣彼得堡。"

"圣彼得堡之前呢?"

"印度孟买。"

"孟买再往前?"

"加拿大。"

"您的琴一定是舟车劳顿,吃了不少苦头。我马上看一下。"

两个男人一直在小客厅里站着。

"请坐,"制琴师说,"您要不要喝杯咖啡?茶我也有。"

"呃……我更想喝茶,您太客气了。"

"什么茶?红茶还是绿茶?两种茶我都有。"

"请给我一杯绿茶,谢谢。"

雅克进了厨房。克里斯托夫·鲁本斯开始观察四周,挂在墙上的小提琴和中提琴多得让他感到震撼。在其他制琴工作室,他从未见过这么多琴。与小提琴和中提琴相对的墙上挂着三把大提琴,其中一把颜色特别深,让他想起多梅尼科·蒙塔尼亚纳①制作的名琴,几年前他曾在一位匈牙利音乐家的布达佩斯寓所中欣赏过。

雅克回来了。红色的圆托盘上放着两杯茶,一只是没有把手的瓷杯,杯面是蓝色小花图案;另一只是外表质朴的黑陶杯。制琴师把托盘放到玻璃茶几上。他坐到

---

① 多梅尼科·蒙塔尼亚纳(1686—1750),他制作的大提琴特别有名气,可与斯特拉迪瓦里并驾齐驱。

小提琴家对面,请他用瓷杯里的茶。一切安静下来,两人品了第一口茶。

"您的茶非常好。"

"噢,是吗?您喜欢喝?您不觉得这茶味道太冲了吗?"

"不,不,我很喜欢这样的茶。"

雅克喝完茶。

"好,我来看一下您的琴。"

小提琴家把一直放在膝头的乐器交给制琴师。

"谢谢。希望只需要稍微保养一下。好,我一会儿就回来。"

雅克拿着小提琴,走到工作台前。他重新戴上眼镜,点亮台灯,打开琴盒,拿出琴,开始检查。

"您这支琴是维尧姆制作的!"制琴师在工作台这边发出惊叹,他难以抑制兴奋之情。

"对啊,大卫没跟您说吗?"克里斯托夫大声回答,并没有离开沙发。

然后,就彻底安静下来。偶尔能听到精细手工动作的声音,声音极其细微,而且就算听到也很难想象出具体的动作。就这样过了大约半小时,克里斯托夫只能看看陈列的乐器、制琴师的书和塞满整个书架的CD唱片。

制琴师终于带着小提琴和琴弓回来了。

"请试一下。"

他把琴和琴弓放在隔开小客厅和工作间的实木桌上。小提琴师腾地一下站起来,开始调琴,在每根弦上短促地来回拉弓。

"我觉得已经好多了。"

"它只需要调一下……我觉得更恰当的说法是保养一下……我换了琴马,之前的不太直,而且弦卡进去有点多。我想它应该很久没更换了。我还把音柱移动了十分之一毫米……我觉得这把琴最近确实折腾得厉害,被搬来搬去,就像您之前告诉我的。小提琴很敏感,您知道……"

克里斯托夫·鲁本斯没有回应制琴师的点评,就开始演奏巴赫的《恰空舞曲》[①]。雅克坐到椅子上听他演奏,这首曲子,他听过无数遍。在漫长的培训期,他的学习成果经受过多少次这首小提琴经典曲目的考验!对他来说,每次都是朝着大师制作的琴的音域水准进发,为此他细致入微地研究了大师制作的乐器的各个角落。

---

[①] 《恰空舞曲》是小提琴复调作品中的经典曲目,由简短的、不断反复的低声部主题及其变奏组成,小提琴演奏者运用高超技巧可以使小提琴发出类似管风琴的宏大音响。

小提琴家刚演奏完《恰空舞曲》的引子就停了下来,在这部分要用两根弦、三根弦甚至四根弦同时演奏。

"马亚尔先生,太完美了。我的琴恢复了我以前认识的样子,我太高兴了。"

"那我就放心了。您的琴非常好。维尧姆的琴,绝对是精品!"

"是的,能拥有这把琴,我很荣幸。您是琴的救星……当然,您也是我的救星!真的非常感谢您。我应该付给您多少钱?"

"呃……一百五十欧元,您觉得可以吗?"

"没问题。我可以开支票吗?"

"当然可以。"

克里斯托夫·鲁本斯掏出支票本,签支票的时候,他转头看了看挂在墙上的小提琴和中提琴。

"这些都是您做的琴吗?"他问道。

"是的,大多数是的。有四把不是我做的,其余的都是我做的。总共三十八把。"

"我可以试一下吗?"

"可以,如果您愿意的话。"

雅克·马亚尔走近他的乐器陈列区。他凑近看这些琴,选出三把放在大桌上。

"这三把琴是我在职业生涯的不同阶段制作的。我对这三把琴有很深的感情。您试一试，再告诉我您的想法。"

克里斯托夫·鲁本斯用雅克·马亚尔给他的三把小提琴再次演奏了《恰空舞曲》。他用每件乐器演奏了两三分钟，他觉得三把琴都很出色，音质清澈透明，高音透出青蓝色，低音如夜色和大地般深沉。音色均衡方面也很出众，这是很罕见的，他对此十分惊讶。

"这三把琴，我都很喜欢。我不知道该选哪一把……我不敢跟您打听价格……"

"第三把琴是非卖品。另外两把，价格可以商量。如果您想买，可以再来找我。另外，这里有很多琴，您也看到了……有些琴不贵。"

"可惜！太可惜了！我想选的正好是第三把琴……"

"是吗？"

"它和另外两把不同……我觉得它十分特别，声音的清晰度和强弱度令人着迷。"

"是吗？它的确和其他的琴不一样。您觉得……您对这种差别很敏感……"

"马亚尔先生，我会再来拜访您的。说不准是什么时候，不过，我一定会回来的。我想好好了解一下您的工作。我给您留一下我的联系方式。"

小提琴家掏出自己的名片,递给制琴师,制琴师也给了他自己的名片。

"所有信息都在上面,工作室的地址、电话、电子邮箱,还有营业时间。"

"好的,非常感谢。"

穿海军蓝围裙的老人向音乐家挥手致意。他拉开玻璃门,把小告示牌翻到"已关门"那一面。

他回到正在制作的乐器前。

# 3

雅克和埃莱娜把用过的餐具都放进洗碗柜。莫莫早就吃光了餐盆里的食物，它比两个人类同伴动作快得多，这会儿已经趴在大客厅的转角沙发旁，那是它的"专座"。大客厅和雅克的工作室间隔着一堵厚墙，小客厅也在工作室这一侧。莫莫像往常一样，每天晚饭后就到沙发旁等它的伙伴。

"我得给你看看我在《解放报》上读到的文章。"

埃莱娜从小背包里掏出报纸，回家时，她随手把包扔在沙发上。她在椭圆形茶几上摊开文化报道的两个版面，指着其中一篇报道。

"下午跟你打完电话，我就看到了这个。这篇报道介绍了山崎绿，贝多芬国际小提琴比赛的第一名。"

埃莱娜站在一旁看着雅克一边弯下腰去看报纸，一边摸着柴犬的脑袋。

"你看吧，很有意思的文章。我去泡平时喝的茶？"

"好的,给我来一杯。"

几分钟后,埃莱娜端着红漆圆托盘回来了,就是雅克给克里斯托夫·鲁本斯上茶时端的托盘,托盘上放着一只茶壶和两只没有把手的茶杯。她还拿来两块玛德莱娜小蛋糕,装在小碟子上。她挨着雅克在沙发上坐下。

"你看到了吧,她的履历很耀眼。"

埃莱娜拿起报纸,高声朗读对年轻的日本小提琴家山崎绿的报道:"她毕业于东京艺术大学,之后赴纽约、日内瓦、巴黎师从大卫·祖克曼、米歇尔·斯坦伯格、让-雅克·奥拉等大师。她出生在一个业余音乐人家庭,不过,据她自己说,对她的音乐启蒙和音乐生涯的选择起关键性作用的是她的外祖父。她用日本基金会借给她的一支斯特拉迪瓦里小提琴演奏……"

读完报道,埃莱娜抓起杯子,喝了一口焙茶。晚上喝这种茶能让她睡个好觉。

"毫无疑问,每年都有几十个日本人来欧洲进修深造……"

"日本人确实很多。我家都有!"

"他们当中有的在欧洲脱颖而出,面向国际发展自己的音乐事业。山崎绿肯定是这种情况……不过,也有的人后来就悄无声息了。"

"这个人，我们要关注一下……"

雅克没有回话，一口气喝完杯中的茶，然后问：

"你的大提琴家来见你了？"

"是啊。她终于挑了一件。过程真是漫长！她一直犹豫、犹豫、犹豫……现在，她应该是我的忠实客户了。不管怎么说，她特别喜欢我的琴弓。"

"那就好！遇到欣赏自己工作的人是件幸福的事儿。"

"是啊，很开心。你呢，你见到那个小提琴家了？"

"对，他有一把维尧姆在1864年制作的琴！这可不是每天都能见到的！旅行的时候，琴在琴盒里晃荡，所以它需要调整。那个年轻人很高兴，最主要是放下心了。他明晚有演奏会……他叫克里斯托夫·鲁本斯。"

"啊，我听说过这个人……前不久我还在广播里听过他的演奏……又是一颗冉冉升起的新星。"

"他在这儿用调好的维尧姆琴拉了《恰空舞曲》的引子。拉得很不错！"

雅克·马亚尔站起来，朝高保真音响走去。他从塞满CD和录像带的书架中抽出一张CD。音响就在书架上，他把选好的碟片放进去，悬挂在天花板的几只小音箱传来小提琴独奏的音乐。

"吉顿·克莱默演奏的《恰空舞曲》。"雅克喃喃自语，回到沙发上坐下。

听到音乐，莫莫醒了，抬起头，跳到沙发上趴着，还把头枕在雅克的膝盖上。制琴师抚摸着狗，从脑袋一直摸到卷起的尾巴尖。莫莫眨眨眼，享受主人温柔的抚摸。雅克在音乐中陷入沉思，干扰他的只有挂钟微弱的滴答声和做着美梦的莫莫偶尔发出的低吟。几分钟后，雅克从梦境中回过神来，用平静的声音继续说道：

"走之前，他试了我近期做的两把琴，还有我的维尧姆琴，他都是用《恰空舞曲》试的。"

制琴师告诉伴侣，演奏家特别喜欢那把非卖品。雅克·马亚尔的脸上浮现出满意的微笑。《恰空舞曲》播放完了。

"我真的很高兴，你的维尧姆琴又得到了高水平音乐家的认可！还要茶吗？"

巴赫作品目录中的第1006号《第三组曲前奏曲》响起。

"要，我再喝一点，配着还没吃完的玛德莱娜小蛋糕。埃莱娜，你坐着别动，我去给壶里添点热水。莫莫，对不起，我要起来……"

狗跳下沙发，趴在地板上。埃莱娜又看了一会儿报

纸。雅克拿着装满热水的茶壶回来的时候,她说:

"希望有一天能听到山崎绿的演奏……这篇报道对她赞不绝口!"

# 4

雅克和埃莱娜是在孚日山区的小城米尔库①相识的，那里是法国的制琴重镇。那时，他们都很年轻，一个二十六岁，一个二十一岁。他们是在三年前来到米尔库的。

雅克是个手不释卷的人，高中毕业后，他在索邦大学学了两年文学，可是并没有找到什么乐趣。在他看来，研究文学的方式过于学术，过多关注作者会偏离了本质，即字词的共振场，是它组成了每部作品最初的、可触知的真相。于是，他重拾童年的梦想，成为制琴师的梦想。年少时，他就沉浸在音乐和书本中，对音符和字词都很着迷。因为家庭环境，他没能学习小提琴或者中提琴演奏，于是他转向弦乐器制作。如果想留在音符无限组合的游戏里，徜徉在音符建构的深情厚意的广阔天地间，这是最好的方式。他决定去米尔库学习。他把

---

① 米尔库，法国东北部孚日省市镇。

这个决定告诉父亲，父亲表示理解，还对他说，最好的选择当然是走命中注定的那条路，聆听生命能量场最深处传来的声音。

"否则，你的影子就不会跟着你走，就跟你分开了。不管怎么说，人生都只有一次。"说罢，他长叹了一口气。

埃莱娜十六岁时就到过米尔库。她是陪父母来的，她的父母都是里昂的中提琴演奏家，多次到访这座孚日山区的小城，请人调试他们的乐器。有一次，他们建议女儿随行，正是那次旅行决定了女孩的未来。她走进一间琴弓制作室，立刻就被琴弓制作师这个职业震住了。一根简单的巴西红木木棍竟会变成如此精美的弧形物件。那种弧形像是第一次出现在她眼前，然而此前她每天都能接触到父母的琴弓。神秘美妙的弧形让她联想到在镶着银边的云朵间游弋的天舟。父母告诉她，琴弓作为他们右臂的延伸，可以改变乐器的音色。从此，一切都被赋予全新的意义。埃莱娜离开米尔库时对自己发誓，一定要回到这里，跟随大师学习琴弓制作。两年后，她回来了，带着丝毫没有改变的初心和青春的冲劲。

他们两人都跟随名师开始了学徒生涯。时间静静流淌，每天的生活都是一成不变的，他们像被扔进同一个的模子里，各自过着僧侣般的生活，日复一日，穿着绿色、海军蓝或者黑色的围裙，幽闭在昏暗的工作室，很少说话，总在观察，竖起耳朵听，盯着师父使用各种工具时的动作，只能借着台灯的橙光细看师父的作品。夜幕降临之后，他们回到简朴的卧室，里面只放得下一张床和一个既可以装衣物又可以当桌子用的五斗柜。他们回顾学到的知识，把最重要的内容用草图和注释记在笔记本上。在这座只有七千居民的小城，他们的工匠生活出奇地相似，就像两滴水珠，简单，规律，朴素，工作时热情澎湃，日常生活只是单调的重复。他们还没有机会认识，没有交换过一个眼神、一个微笑和一句话。然而在1950年，来到米尔库三年后的某天，他们相遇了，喜欢撮合两颗同样的心的精灵似乎为他们引了路。

制琴师拉贝特先生派徒弟雅克去琴弓师巴赞先生的家。两家有时会为客人合作生产乐器。琴弓师的家离同行好友的家走路只需十几分钟。雅克是第一次去琴弓师家。刚进工作室，他就注意到琴弓师傅，五十多岁，头发灰白，头顶秃了一片，戴着镜片很厚的眼镜。雅克替师父把一个大信封交给他，本想说声再见就立刻回去。他正往外走，无意识地回了下头，却惊讶地发现一个戴眼镜的姑娘站在工作台旁。她身边的年轻男学徒正在用迷你刨子削一根橘色的长木棍。工作台上落满了细长的刨花，就像天使的鬈发。此前，他一直天真地认为制作乐器和琴弓的工匠都是男性。姑娘用火焰烤热木棍，慢慢将它弯成漂亮的弓形。她觉得有人在看自己，便抬起头，看到那边有一个小伙子，他显然已经完成了邮差的任务。她冲他微微一笑，然后立刻集中精神继续做自己的作品，雅克都来不及回她一个微笑。沉默笼罩着工作室。只听见有规律的刨木头的声音，还有工匠为了得到理想的弧形，在工作台边缘挤压搓好的木棍的声响。

雅克转身，踮着脚尖退了出去。

这天晚上，熄灭床头灯之前，他在封面上标着18的绿皮本，也是他的日记本上，草草写了几行字，记录和学习琴弓制作的神秘女孩的巧遇。

熄灯后，梦神并没有光顾雅克的房间。黑暗中，制琴师的徒弟一直醒着，直到夜深了才入睡。

# 5

几天过去了,几个星期过去了,然后又过了几个星期。生活恢复如常,没再出现任何新情况打扰两个年轻学徒辛勤的工作和沉静执着的念头——在自己的行业里不断进步。短暂的相遇变成了回忆,埋在日复一日累积的厚重现实之下。雅克和埃莱娜没再想起对方,不过他们互致微笑时的印象并没有沉入昏黑的记忆深井中。

一天,他们重逢了,当时他们并不在职业活动的狭小空间里。那是八月末,一个阳光灿烂的午后,他们刚结束短暂的假期。雅克是在诺曼底过的暑假,他父亲作为家中的独子,继承了那里的祖屋。琴弓制作师的女学徒在第戎附近的乡间放松身心,她的父母在那里有一栋别墅。他们走下火车,肩上背着包,走向车站大厅。两人四目相对。这里的旅客非常少,降低了他们认出对方的难度。

"您好!"

"您好，您还记得我吗？"

"记得，我想不起来是什么时候，不过您来过一次工作室。"

"对啊！太巧了！我们刚才应该是在同一列火车上。"

"应该是的。您刚度完假回来吗？"

"是啊，您也是？"

"对。"

他们说好去一间咖啡馆歇脚，要找个安静的地方。走了几分钟，他们找到一家小餐馆，在露台的太阳伞下落座。

"我叫埃莱娜，埃莱娜·贝克尔。"琴弓师的女学徒一边说，一边向制琴师的徒弟伸出手。

"雅克·马亚尔。您在米尔库住了……"

"三年半……我来自埃罗省，不过我的家人住在里昂。您是哪里人？"

"我是巴黎人，实际情况要更复杂一些。不过，我基本上一直在巴黎生活……跟您一样，我来米尔库也有三年多了……"

服务生过来问他们要喝什么饮料，他们各点了一杯咖啡。

"在巴赞先生的工作室见到您的时候，我特别惊讶，因为我以前一直错误地以为这个行业里没有女性……"

"您说得有道理,这个行业几乎是男人的天下。巴赞先生犹豫了很久才同意收下我这个徒弟……"

谈话气氛十分活跃,一开始的话题是行业的苦与乐。埃莱娜跟雅克分享了自己把一根巴西红木棍弯出理想的弧形时的幸福感,这种木材被"唤醒",在制成琴弓前,要经过数十年的干燥。

"巴西红木,就是十八世纪被一位法国大师引进的木材吗?呃……弗朗索瓦……?"

"弗朗索瓦·格扎维埃·图尔特。"

"对,就是他。"

"这种树只生长在巴西……他竟然想到用那么远的地方的树来完善自己的技艺,这真是太不可思议了。您不觉得吗?"

"确实,太不可思议了……是激情把他带到了远方,无论是技术意义上的远方还是地理意义上的远方……"

接下来,雅克讲述了他对阿玛蒂和后来的几位制琴大师的钦佩之情,是他们最终固定了制作提琴的木材:面板用云杉,背板、琴颈、侧板、琴马用枫木,指板和系弦板用乌木……和埃莱娜一样,雅克也要用经过长时间自然风干的木材。埃莱娜为琴弓美妙的弧形着迷,他为优雅隆起的面板和背板着迷，这两块板必须有一定的弧度才能让乐器产生奇妙的共振。必须精确使用各种工具，每个动作都有自己特定的工具，直到让工具变成双手的一部分，这需要学徒的不懈努力和无限的耐心。雅克没有气馁，而是加倍努力，深信在漫漫长路的尽头等待他的一定是华丽优美的乐音。

他们注视着对方，各自在心中感叹把他们带到孚日山区小城、并让他们进入乐器制作这个神秘领域的巧合或宿命的安排。

"我只是刚刚踏上冒险之旅。"雅克总结时语气中透着清醒和希望。

"我也是。"埃莱娜答道。

小餐馆的遮阳伞下，时间匆匆流逝，两个年轻工匠完全没有觉察时间过得那么快、那么无声无息。太阳要下山了，他们得走了，回各自的工作室。他们约定以后再见，然后握手告别了。两人的背影消失在夜色渐浓的街道上。

# 6

两年过去了,他们的生活如常,依旧是无休止的观察和反反复复的冷静思索。日复一日,他们不知疲倦地重复各种动作,却热情不减。唯一变化的是,自车站偶遇以来,雅克和埃莱娜见面的次数越来越多,而在最初的三年,他们并不知道对方的存在,尽管他们工作和生活的两间工作室距离很近。一开始,他们两三个星期见一面,很快,见面的频率提高了,变成每周一次。他们常常在午休时间一起随便吃点东西当午饭。有时,结束了一天的工作,他们会去某间小餐馆面对面吃晚饭,一直聊到深夜,一方的心里话会直抵另一方的内心。想到第二天又要和往常一样用功,他们才互道晚安,回各自的住所,利用短暂而深沉的睡眠,减轻双眼的疲劳,让手臂和肩膀酸胀的肌肉得以恢复,有时还会梦到未来。他们互相依靠,互诉衷肠,把实现自我价值的理念和提升技艺的长期目标结合起来,一方的世界因另一方的存在和支持不断巩固，不断扩大，不断丰富。

一天，埃莱娜随口说了句心里话：

"将来可能会有人用我做的弓拉你做的琴。"

说罢，她的脸红了。

"这有什么不可能的？"雅克若有所思，看着埃莱娜的双眼答道。

埃莱娜定期给父母写信，父母在回信中告诉她他们的近况和家里的事，还有熟人的消息。埃莱娜知道哪位同学结婚了，哪位同学订婚了，这才惊觉岁月流逝，自己也到了谈婚论嫁的年纪。躺在床上，入睡前，她时常忧心忡忡地想着未来，那是一种无声无息却又挥之不去的担忧。未来尚未定型，可能长期处于不稳定的状态。甚至在大白天，在师父的工作室里，她也会做梦，想象成家立业后幸福满足的状态，然后突然惊醒。她还情不自禁地把自己的生活和雅克的生活结合在了一起……

然而，某个春雨淅沥的日子，她遇到了完全出乎意料的情形。雅克约她下周日去一家真正的餐馆共进晚餐。以前他们都是在城里一间和学校食堂差不多水准的小餐馆吃饭的。这个周日，雅克坚持要让约会在完全不同的氛围下进行。

"让我来准备吧,我会把一切都安排好的。"雅克说。

雅克穿上西装,打好领带,到巴赞师傅的工作室接埃莱娜,埃莱娜住的地方也是巴赞师傅提供的。姑娘略施粉黛,一袭浅绿色长裙,她不经意的美让小伙子十分惊讶,以前他都没察觉,因为她总是系着琴弓师的围裙。他们搭火车前往埃皮纳勒①,然后在火车站附近一间名叫"燃烧的荆棘"的餐厅坐下。点完菜,他们沉默不语,似乎都在探查对方的期待,猜测对方脑子里正在酝酿、构思和编排的话。

"今天是个特别的日子……"最后,埃莱娜先开了口。

雅克觉得她肯定想从自己嘴里听到温柔甜蜜的话。他拼命压抑自己,抵挡这种无声的呼唤,其实他心里听得清清楚楚,但他不愿回应。

"对,是个特别的日子……我做了一个很重要的决定。"

"哦,是吗?"埃莱娜低声附和,心情急切。

"呃……该怎么跟你说呢……我决定离开米尔库。"

"……"

埃莱娜愣住了,一个字都说不出来。

---

① 埃皮纳勒,法国东北部城市,孚日省省会。

"我……我要……我要去克雷莫纳继续进修。拉贝特先生帮我联系了那边的一位大师,那位大师答应收我为徒。我还有很多东西要学,特别是在提琴修复方面。"

"我以为……"

埃莱娜情绪激动,话都说不连贯。

"我以为我们可以像这样,很久很久……"

埃莱娜竭力控制情绪,以免崩溃。她的突然爆发,让雅克不知所措,他料到会出现这样的情况,但没想到会如此剧烈。他尽量保持冷静,镇定地向她解释自己的决定。

"我也想……像现在这样,继续下去……可是,这是不可能的。埃莱娜,我必须告诉你一件重要的事。"

为了掩饰泪眼,埃莱娜一直低垂着眼。听到这句话,她重新抬起头,用右手掩住自己的脸。

"我从来没跟你说过……不过,这是我一直以来的计划。在米尔库的五年只是计划的第一步……对不起,我应该早点告诉你,可很难开口。一开始,我在犹豫,我在想自己是不是真的适合这个行业,坚持下去是否值得……后来,我驱散了疑惑,开始想象自己的未来,想象自己成为制琴师,跟你并肩前行……也许,你也这么想……但我不能抛下我的计划,这个计划是我从小就开始背负的……我把你约到这里就是为了告诉你这个计划。这件事说来话长。"

埃莱娜的心情渐渐平静下来,似乎预示着她决定敞开心扉,听雅克解释为什么不满足于待在米尔库。

"好吧,从哪儿说起呢?"雅克自言自语。

服务生端来他们点好的前菜。

"埃莱娜,我常常想问你,你是不是很好奇,为什么我有法国人的姓,却长着亚洲人的脸……"

"一开始有点好奇。我想,你出身于越南或者华裔家庭……既然你出生在法国,父母就给你起了法国名……我没再深究。反正,我从来不在乎这些!外表、姓氏、出身,这些我从来都不在乎……重要的是你靠自己的努力,按照自己的意愿变成了现在的你……不是吗?"

"我叫雅克·马亚尔,但我也叫或者说我以前叫水泽礼。我以前是日本人……后来,在东京,我变成了孤儿,被马亚尔夫妇收养,他们把我当成自己的孩子……"

于是,雅克开始讲述他二十年前的经历,主要讲某个下午,在偌大的东京的某个区文化中心,他独自躲在会议室的欧式壁柜里,在黑暗中瑟瑟发抖的经历。他非常想忠实地还原当时他透过壁柜锁眼看到的情景,所以频繁停止进食。埃莱娜也吃得很慢,朋友叙述的故事占据了她的内心。晚餐时间被无限拉长,等雅克讲完自己的经历,"燃烧的荆棘"餐厅只剩下他们两位客人,而且他们还没点甜点。

"我吃饱了。"埃莱娜说。

"我也是。我们得走了,回程火车发车的时间快到了。"

雅克结了账,对服务生表示感谢,并为他们这么晚才吃完表示抱歉,然后,两人走出餐厅。

"哎呀,下雨了……"埃莱娜小声抱怨。

"雨在城上淅沥,就像泪流在我心里①……"

"你说反了……"

"是,我知道。可是这句话就这么脱口而出了……"

回到米尔库,他们慢慢地往巴赞先生的工作室走。

"你什么时候动身去克雷莫纳?"

"两周后。我们还有时间见面。"

"你会在那里待很长时间吗?"

"我不知道。"

"我们写信联系?"

"当然。我们写信联系。我会经常给你写信的。"

他们走得很慢,仿佛想尽可能推迟告别和互道晚安的时间,可还是很快就走到了巴赞先生的家门口。两

---

① 法国诗人保尔·魏尔伦的诗。

人都没能做点什么,好延长在一起的时间。只有一盏幽灵般的路灯照着他们。埃莱娜感谢雅克请她吃饭,特别是他跟她讲了自己的人生经历,她深受感动。雅克也对她表示感谢,感谢她的温柔陪伴、倾听和理解,说,与她的"友情"犹如瑰宝,温柔甜蜜,亲切温暖,让他备受鼓舞。他牵起她的手,在上面吻了一下。他们看着对方。雅克的眼镜反射着周围暗淡的灯光,埃莱娜仿佛看到眼镜后的那双眼已经蒙上了一层浅浅的泪水。两人的脸慢慢靠近。他们第一次接吻,炙热的长吻。最后,他们分开了。埃莱娜站在工作室门口,一动不动,看着朋友的背影消失在旁边昏暗的街道中。

# 7

某个冬日夜晚,雅克坐在客厅的沙发上看书,莫莫趴在脚边。埃莱娜回到家,兴冲冲地对他说:

"雅克,快看我发现了什么。你记得两三年前,我让你读《解放报》上的一则短消息,关于日本小提琴家山崎绿的……我对她产生好奇是因为她说她外祖父对她的音乐生涯起了决定性的影响……"

"是啊,那时,她刚刚拿到一个什么比赛的第一名……"

"你读这个。这是她最近接受《曲与词》的采访报道……她说她外祖父以前是陆军军官,但这并没有影响他迷上音乐……她是这么说的:'我能成为今天的我,要归功于我的外祖父……他起的作用甚至大过我的老师铃木女士……'"

雅克正在读一本小开本的日语书,他抬起头,拿起杂志。

"外公给我的一切造就了现在的我。"

他大声读出标题,然后安静地浏览整篇报道。

"是啊,二十六岁的日本小提琴家用这样的话谈论她的军人外祖父……确实有些耐人寻味……也许值得深挖下去……"

"我也是这么想的。要是你给她写封信……"

"可是该怎么做?"

"你写信给她的经纪人。通常,经纪人会把所有的来信转给她本人。"

雅克没有回应埃莱娜刚说的那句话,他陷入伤痕累累的回忆和忧思中。他重新拾起摊开的日语书,书里夹着数不清的便利贴,让人想起动画片里的人物,顶着一头五颜六色的头发。起保护作用的褐色封面被反复触摸,已经破损了,封面上用毡头笔写了两个汉字和八个平假名[①]。

---

[①] 日语的表音文字。——原注。

# 8

礼十一岁来法国,后来一直在法国受教育,他早就丢掉了说日语的习惯。有一段时间,他甚至连读日语和写日语的习惯也丢了。被"移栽"到法国的孩子把所有精力都用于学习新语言。菲利普怀着对好友水泽裕的记忆,细心呵护着养子。他要让这个突然失去父亲的孩子尽可能健康地成长,当然,他深知少年心里的伤可能永远无法愈合,至少会长时间处于裂开的状态。至于他的夫人伊莎贝尔,她知道自己无法生育,所以非常喜欢这个日本孩子,在他身上,她找到了母爱的充分理由。

菲利普和伊莎贝尔想让养子在新环境下平静地度过童年的尾巴和青少年时期,尽可能减少他内心的冲击和冲突。这就是为什么他们和心理医生商量之后,决定给一刻都不愿离开受损的小提琴的礼取名"雅克",当时法国最伟大的小提琴家叫雅克·蒂博①。

"除了'礼'这个好听的名字,你爸爸,你的欧多桑②给你起的名字,你现在还有'雅克'这个法文名。你的新名字不会抹去你的日本名,我记得你的欧多桑跟我说过,这个名字是'礼节、礼貌'的意思,对吗?这两个名字相互依靠,相互支持。这样一来,你会比以前强大一倍!在这儿,在法国,你的新国家,我将代替你的欧多桑,我一直怀着对他的美好回忆。我会尽力达到他的水准……"

菲利普用法语对礼说了这番话,时不时加入日语词,确保孩子能听懂他的话。孩子在法国上了半年学,对口语的理解已经达到让人放心的水平。

从此,雅克感受到的法国父母对他的爱护,差不多可以让他克服心中藏匿、隐瞒、压抑着的恐惧。他的法语水平迅速提高,几年后就在班级里名列前茅。这时,他又有了把失踪父亲的语言留在身旁的想法,于是重新打开吉野源三郎的《你想活出怎样的人生》,这正是父亲建议他读的书。读这本书时,他会痛苦地想起悲剧发

---

① 雅克·蒂博(1880—1953),法国小提琴家。1953年,他搭乘法国航空公司178航班,飞机撞上阿尔卑斯山,机上人员全部遇难。他那把1720年的斯特拉迪瓦里琴也随之化为灰烬。

② 日语里"父亲"的意思。

生的日子，父亲被突然带走，父子二人从此永别，那种感觉就像刚经历过一场梦魇。他不断重读吉野源三郎的书。他在学生用的绿皮本上抄写他喜欢的词，或听起来很悦耳的句子，甚至想在下面画线的大段文字。由于身边没有说日语的人，他养成了用这种语言写作的习惯。就这样，绿皮本成了他的秘密花园，在那里，被遗弃在东京的一切都会回到他身边；在那里，童年时灵魂某个偏僻阴暗角落里的东西会涌上心头。写日记的习惯渐渐养成，成了他用来缓解恐惧的良药，十五岁的时候，他也开始用法语写日记。就这样，在以后的绿皮本上——他总是每年买一本学生用的绿皮本来写日记——整页整页的法语日记里散落着一些用日语写的文字、平假名和稍微复杂的汉字。

## 9

因此,下决心给山崎绿写信的那天,雅克并不觉得很难用日语下笔。当然,用法语写信会更简单、更快,不过,用日语表达也没有太大困难。他肯定不能像一直生活在日本的日本人那样写作,他对汉字的主动了解很有限。成为法国人,后来又在法国度过了人生的七分之六的时间,让他使用母语就像外国人使用日语一样。他在日语环境中应对并不自然,需要一番努力,但也不是特别费劲。雅克知道那位小提琴家在法国生活过,曾在巴黎音乐学院进修,肯定懂法语,但他还是选择了日语。他要告诉她的是他生命中最深层的日本记忆,是六十五年前用日语经历的大事,只是后来这件事冻上了,石化了,仿佛时间被谋杀,凝固,彻底停止。

一个周四的夜晚,雅克在大门上贴了张白纸,上面是他手写的"临时停业"四个字。第二天上午,吃过早餐,礼开始在编号65的绿皮本上写这封信的草稿。他一口气写了三页。重读后，他想修改一些句子，把一些词换成更准确、更恰当的词，把组织得不太好的两三段话推倒重来。星期六上午，他又读了一遍草稿，等到他觉得可以一鼓作气地完成书信时，冬日的太阳已经西沉。埃莱娜要他停下来休息。于是，两人决定喝一杯抹茶。

"你写完了吗？"

"差不多，这封信肯定写得不太好。里面可能有错误和思虑不周的地方，而且里面没有多少汉字，因为我掌握的汉字不多，很多词是用平假名写的……人名，比如Kurokami中尉的名字就是这样处理的……总的来说，最主要的信息都写出来了。我现在先停下来，明天再读一遍。没问题的话，我就誊抄出来。"

那天夜里，雅克难以入睡。埃莱娜觉察到了。

他们在被子里互相抚摸，过了很久才紧靠在一起睡着。

# 10

等了对他来说很漫长的一周，礼收到了山崎绿的回信。这封信就像X射线，穿透了停止的时光。

写信人：山崎绿
收信人：水泽礼/Rei Mizusawa/雅克·马亚尔
主题：感谢您的来信
时间：2003年2月28日

尊敬的先生：

非常感谢您给我写了一封长信，这封信让我特别感动。

是的，我的外祖父叫黑神健吾。他曾是陆军中尉。1938年，您在那样惨烈的情景下见到的就是他。1993年，他离开了这个世界。

我非常高兴能与您见面。可是，眼下我要去美国和加拿大巡演三个星期。巡演回来，我会立刻跟您联系。届时，我们可以看一下如何安排我们的会面。

谢谢您给我写信。我非常感动。

此致

敬礼！

山崎绿

这封信里的日语简单易懂，礼没有任何理解上的困难。她的外祖父的姓名是用平假名写的，他在信中就是这样写的。是出于对少年礼的听觉感知的善意理解，还是她换位思考，假设自己就是这封感人至深的信的奇怪作者，想到这个人在日本的童年突然中断，失去了使用母语的习惯，可能会有理解上的困难？礼仿佛体会到胃酸反流时的烧心，这种酸热感既剧烈又不断弥散，一直升到咽喉。在体内沉睡的热量产生了作用，冻结成冰的情绪开始慢慢融化，就像冬眠的美洲黑熊，随着期待已久的春天翩然而至，它慢慢苏醒，开始活动。

时间恢复了原来的形状，再次震动起来。

第三章

# 小步舞曲：小快板

# 1

"您好,我是……水泽礼。"

"您好,我一直在等您。请进。"

水泽礼双手把自己的名片递给山崎绿,这是他为东京之行特意准备的。山崎绿看了看名片,说:

"要是我没理解错的话,雅克·马亚尔是您的法文名。"

"对,是这样的。在工作场合,这两个名字我都用。谢谢您接待我……"

礼站在门口,发现比门厅高出二十多厘米的地板上放着一双白拖鞋,鞋头朝室内。

"这是为您准备的。"绿说。

日本姑娘指了指拖鞋,脸上挂着热情好客的笑容。法国客人坐在地板边缘脱下运动鞋,然后把两只鞋并排放在门厅铺着瓷砖的地面上。

他被领进宽敞的客厅,客厅的两面墙从上到下堆满了书和乐谱，中央摆着一架三角钢琴，钢琴旁边放着沙发和两把浅黄色的扶手椅。

"您请坐，不要拘束。"

礼把公文包和深红色的琴盒放在地板上。之前，他一直背着琴盒，就像背着个背包。有人敲门。进来一位五十多岁的女士，穿着和服端着圆托盘，上面放着三杯茶。

"这是我母亲。"

"很高兴见到您。我叫山崎绫子。女儿跟我说了很多您的事和您的来信，还让我读了那封信。我一直盼着见您。"

"啊，这玄米茶（混合了炒米的绿茶）真香！谢谢。"

"您知道这种茶？"山崎夫人显得有些惊讶。

"知道，我和我老伴喝茶喝得多……玄米茶也喝。"

"如果我记得还算清楚，您在信里说……从那以后，您再也没回过日本？"绿问道。

"对，这是第一次回来。时隔六十五年……我今年七十六岁。我都变成老头子了。"

"发生……那件事的时候，您才十一岁？"

"是的。"

"那您……从十一岁开始，就一直住在法国？"

"对，父亲的一位法国朋友收养了我。我是在法国长大的。"

"可这太让人惊讶了，"山崎夫人说，"您的日语说得这么自然，可是您那么长时间都没回日本生活了。"

"哦，不，夫人，我说日语的方式应该挺奇怪的。"

"您是从别的地方来的，这能听得出来，不过，完全不影响交流。"

"离开日本以后，我的日语口语像是被冻住了。不过，我坚持阅读……大量地阅读。可能是阅读让我维持了日语的水平……后来……我成了制琴师……和不少日本音乐家都有联系……这让我有机会经常运用这门语言……"

礼用低沉的声音缓缓道来，语气坚定平和，偶有停顿。

"您应该就是Kurokami中尉的外孙女……"

"是的。"

"……"

年迈的法国访客不得不调整呼吸才能说下去。

"您知道吗，我从来没想过有朝一日能见到他的外孙女？"

"您的命运真是跌宕起伏。"山崎绫子惊叹道。

"请跟我说说您的父亲，您的外祖父。你们知道，我跟他见面的时间太短,也没有交谈……总共就几十秒。不过,我清楚地记得,他把我父亲那把破损的小提琴交给我时,冲我微微一笑。后来大家走了,我父亲、他的朋友还有士兵们都走了,只有您的外祖父还留在那儿……这时有人叫他,喊他的名字……我觉得是在喊'Kurokami'。我一下就记住了这个名字。它刻在我的记忆中,变成永不磨灭的字迹,和'黑发'的意思连在一起。"

年轻的绿看着母亲,面带笑意,有点神神秘秘的,像是在鼓励母亲说话。

"实际上,Kurokami的意思是'黑神',不是'黑发'。"山崎夫人说。

"啊,这样啊?kami是'神'的kami?原来如此!"礼大吃一惊。

"这个姓很罕见。在广岛县,好像有很多人姓黑神。我父亲就是广岛人。"

"您听说过严岛神社吗?"山崎绿补了一句,"那是个很有名的景点,就像立在海水里的大牌楼……在那个游客如织的小岛更远一点的地方,有一座无人居住的小岛,叫'大黑神岛'。"

"我一直觉得Kurokami是'黑发'的意思。我从来没想过可能是'黑色的神'。我觉得，对于不知道的人来说，这挺正常的，因为'黑色'和'神'的组合几乎是不可能的，不是吗？总之，对我来说太意外了。如果那时我就知道的话，我肯定会更震惊。"

"您对我外祖父的印象发生了小小的变动……"

"是啊！难以置信……我从漆黑的壁橱里看到的竟然是一个'黑色的神'！"礼喊了出来，一改往常的平静，"一个在黑暗里的神，在噩梦般的暗黑中，最恐惧的那颗心里出现了一个神……"

接着，他开始呢喃自语：

"他救了我……也救了父亲的小提琴……"

然后，他不说话了。

开始发呆。

## 2

那是五月的一天，东京难得的好天气，不冷不热，也不潮湿，阳光明媚，绿意盎然，轻风和煦。礼大约十点半到了山崎绿家。法国客人和两位女主人聊了很久中尉的姓氏，还有日本人名中的汉字容易引人想象的特性。时间在不经意间流逝，已经临近中午。

"水泽先生，您不着急吧？希望如此。跟我们一起吃午饭吧……我们今天一整天都有空。我们想和您一起度过，如果您不会因此而感到厌烦。"

"夫人，我非常乐意。我到日本来，就是为了见你们。我没有别的事……"

"好，那你们先聊。我去厨房准备……基本上都做好了。我只需要一刻钟。一会儿见。"

片刻沉默后，礼开始说话。

"我在给您的信里写了，《曲与词》杂志对您的专访是我这次行动的起因。"

"对。引起您注意的是我谈论外祖父的部分……是吧？'外公给我的一切造就了现在的我。'"

"对，就是这句话，这是采访的大标题。然而起决定性作用的，是您的外祖父以前是陆军军官这件事……看到这儿，我再也坐不住了。"

"我明白。"

"实际上，是我的老伴埃莱娜，她对这件事有种特殊的直觉。她是琴弓师，当然也知道我以前的事。"

"您的夫人是琴弓师！这太美妙了，你们就像小提琴和琴弓，组成了一对！"

"是，就像您说的那样。我们是同时学习乐器制作的。"

"在哪儿？"

"一个叫米尔库的小城，在洛林地区。"

"米尔库！我知道那个地方。"绿喊了出来。

"哦，是吗？那是很久以前的事了……"

礼不说话了，陷入沉思。不一会儿，他继续往下说：

"埃莱娜特别敏感，刚出现一些蛛丝马迹，她就觉得我和您之间有种看不见的神秘联系。比如说，您拿到贝多芬国际小提琴比赛冠军的时候，她就给我看了一篇她在《解放报》上读到的关于您的短消息。让她有所警觉的，正是您对外祖父的教导的高度评价……"

山崎夫人回来了。

"开饭了！"

餐厅在走廊的另一头。绿带着礼往餐厅走，同时用激动的声音告诉母亲：

"他的夫人是琴弓师，他们一起在米尔库学习过。"

"米尔库！天哪！"绫子小声应答。

餐厅正对厨房。八人座的长方形餐桌上摆了三副餐具。

"我做的很简单，就是家常便饭，可能您在法国尝不到这样的日本菜……这是裹了面包屑的炸猪肉，还有切成细丝的卷心菜……"

"哦，这是炸猪排！配酱汤！我好久没吃过了。"

"不过，在巴黎有日餐馆吧？"

"有，当然有。不过，做家常菜的不多。再说，我们也不能天天去日餐馆。您知道，我离开日本太久了，日餐已经不属于我的日常饮食……所以，您为我做的这顿饭真是让我太开心了！"

"水泽先生，这真的没什么。"

"我要开动了。"礼说着，微微鞠躬，还不由自主地合起双手。

绿和母亲也跟着说了同样的话。

"您吃饭前祷告吗？"

"不。为什么祷告？我不信教。"

"因为刚才您做了这个动作。"绿一边解释，一边合起双手。

"哦，我做了这个动作？太奇怪了，我在家吃饭的时候从来不做这个动作。"

"……"

"嗯，这绝对是人间美味，山崎夫人！"礼喝了第一口酱汤就开始赞叹。

"谢谢，我很高兴这合您胃口……这都是些很普通的东西。"

大家都不说话了。绿偷偷看了礼一眼。

礼尝了一口炸猪排，然后往盐渍卷心菜丝上倒了点酱油。把这团菜送进嘴里，时间就开始倒转，不由分说地把他带回1938年秋季的某天，让他变回了十一岁的水泽礼。那时的他正和父亲坐在榻榻米上，围坐在小圆桌旁吃早饭。他好像离开了陪在身边的两位女士，径自走入遥远回忆的迷宫中。这时，他看到了父亲，系着围裙，正在烹制几道小菜。突然，他问山崎绫子：

"我能要一个鸡蛋吗？"

"鸡蛋?"

"对,一个鸡蛋。我很抱歉提出这么无礼的要求……"

礼像是在梦游,他接着说:

"我觉得,那天我吃了份生鸡蛋……我突然想在这碗热腾腾的米饭上淋生鸡蛋拌酱油……应该是这碗香喷喷的米饭配着卷心菜丝的味道把我突然带回去了,带我回到了逝去的童年,回到了那个暗淡的天地。对,那天上午,我的早餐是一份生鸡蛋,1938年的那个星期天,父亲在我眼前永远消失的那一天……"

礼喃喃自语,完全没有在意身边的两位女士。绿觉得眼前的老人被另一个人附体了。她母亲觉得很奇怪,甚至有点不安,她从厨房里取来一只小瓷碗,里面放着一枚白皮鸡蛋。

## 3

　　礼磕破鸡蛋壳，用力地打鸡蛋，再加入一小勺的酱油，最后把所有液体淋到自己的米饭上，再用筷子搅拌。

　　山崎绿和母亲看着老男孩吃生鸡蛋拌饭。眼前的一切就像在进行一场世俗仪式，但她们不能加入其中。

　　"难道你没有想起些什么？"绿问母亲。

　　"当然想起来了。"

　　"非常感谢。"礼语气坚定，像是刚从梦中醒来。

　　"您很久没吃过生鸡蛋拌饭了吧？"

　　"是的，真的太久了……上一次吃还是那天早上和我父亲一起吃早饭……我刚才失礼了，还请你们原谅……我感到背上有一只冰冷颤抖的手在推我！我就任由那股力量推着我走……"

　　"水泽先生，您不要客气。"山崎绫子看着女儿，答道。

　　绿接着往下说：

"我能理解您刚才的举动,您接触到了儿时的味道,您在法国生活时已经忘了这种味道。而且您不知道,您短暂游离的时候让我想起了我的外祖父。"

"这是怎么回事?"

"我让妈妈给您讲吧,因为看着您奇迹般地和自己,和十一岁在东京时的自己……重新连接起来的时候,她也想起了自己的父亲。"

于是,山崎绫子开始叙述黑神健吾坚持在八十九岁高龄完成的欧洲之旅:

那时,父亲已经鳏居四年,他一定觉得自己时日无多,但他并没有因此放弃自己唯一的,也是最后的海外旅行。他跟我说了这个愿望。我和丈夫讨论了一下,他欣然接受了岳父的旅行计划。我觉得,父亲是想让十二岁的外孙女看看古典乐的发源地,因为她每天都在学古典乐。在女儿女婿的支持下,黑神健吾,也就是我的父亲,您的"黑色的神",在耄耋之年鼓起勇气,于1987年完成了为期两周的欧洲之旅。我们游览了好几座欧洲城市,在那里,音乐在人们的集体记忆中有着极高的地位。我们先去了柏林,然后去了布拉格,再到维也纳、米兰。米兰之后,我们又去了意大利的制琴之乡克雷莫纳，在那儿，我们参观了小提琴博物馆。参观完意大利的制琴之乡，我们去了米尔库，在巴黎停留两天后，我们回到了东京。我父亲坚持要去米尔库，哪怕已经去过克雷莫纳……我和丈夫当时只知道克雷莫纳……我问他："了解制琴业，去克雷莫纳还不够吗？"不够，一定要去米尔库！

您吃生鸡蛋的小插曲，唤醒了我和绿心中的一段回忆，那件事发生在米尔库。我父亲吃了十几天西餐，已经受不了餐馆里的菜了，他什么都咽不下去，可他总得吃点东西。我们去了城里唯一的中餐馆。我给他点了份粉丝汤，因为我想粉丝汤和他的饮食喜好比较接近。以前，他只吃过本国简单清淡的菜肴。然而，他连粉丝汤都吃不下去。这时，父亲用临时学的法语对服务员说：

"请给我，呃，米……白米和……一个鸡蛋。"

服务员被这个奇怪的要求吓了一跳，他问我父亲：

"先生，什么样的鸡蛋？"

"鸡蛋！就这样……一个鸡蛋！"

就在这时，我丈夫突然明白了老丈人的想法，他用英语解释，只要一个生鸡蛋。两三分钟后，可爱的服务员端来一碗米饭和一个洁白的鸡蛋，摆在古怪的客人面前。戴着厨师帽的主厨有点好奇，出来看老先生是什么人。厨师的出现引起了其他客人的好奇心,服务员、厨师和其他客人都在琢磨这位日本老人要怎么处理他点的这道前所未见的菜。这时,我父亲用很低的声音对我丈夫说了句话。我丈夫有点为难,他请服务员再给我父亲一个小碗。

服务员离开了一会儿,很快又回来了,把一只空碗递给老人。

"非常感谢,先生!"

父亲把鸡蛋敲开,打到碗里,用筷子用力地打散鸡蛋。他拿起酱油瓶,倒了一点儿到碗里,继续搅拌,然后把这份黄褐色的液体淋到饭上。他小声说了几个字,我没听太清楚。最后,他只用了几分钟就吞下了这碗酱油生鸡蛋拌饭。吃完这份即兴制作的饭,他合起双手,微微鞠躬。厨师回到厨房,服务员又开始在餐厅来回穿梭,客人们的注意力也回到自己正在吃的东西或者要点的菜上。我们点的菜端上了桌。这时,绿问外祖父:

"外公,好吃吗?"

"很好吃,小绿。"

"我们从东京出来以后,这应该是你第一次吃到美味吧!"

"呃……你说得对。自从我们到了欧洲,这是我第一次吃到自己愿意吃的东西。绿,你知道,我是个老头子,我的胃再也不能接受你游览过的这些国家的好东西。不过,我不后悔和你一起来这儿,就算我吃不惯这里的食物。我一点也不后悔,恰恰相反,我很高兴和你一起游历了欧洲。因为你学的音乐就是在这里诞生的……而且,我们在克雷莫纳看了小提琴,又在这儿,米尔库,看了小提琴!这些制作小提琴和琴弓的人,很了不起……为了把音乐传达给我们,需要作曲家创作,需要歌唱家、演奏家,比如说小提琴家来演奏,还需要有人制作他们使用的乐器——小提琴和琴弓。需要这三类……呃……三个群体共同努力……要不然,就不会有音乐,对吧?这难道不美妙吗?小绿,不要忘记这些……我,会一直记着米尔库的……"

第二天早上,我们离开了这座位于洛林地区的小城,去了巴黎,我们在巴黎听了耶胡迪·梅纽因[①]的音乐会,他演奏了贝多芬的小提琴协奏曲。

听到梅纽因的名字,礼颤抖了一下。

他看着两位女士,回味着他们在中餐厅的场景,努力想象八十多岁的老人当时的心情,那位老人从地球

---

[①] 耶胡迪·梅纽因(1916—1999),美国小提琴家,犹太人,被誉为"神童"。

的另一头来到让·巴蒂斯特·维尧姆和尼古拉·弗朗索瓦·维尧姆的城市,把这座城市介绍给自己的外孙女。他感到体内有股神秘安静的力量往上升,浑身颤抖不已。为什么"黑色的神"要去米尔库?和克雷莫纳比起来,这座城市的名气太小……那天,父亲是不是告诉过他这把琴是米尔库的尼古拉·弗朗索瓦·维尧姆制作的?礼的思绪在一个个问题、一个个猜想、一个个推断上跳跃。在各种不确定中挣扎之后,他感到无比心痛。他清楚地意识到世界上所有的心都被不安的孤独拉扯着,就像无比内向、难以渗透的"单子"①,最终,只能互相分离,悲伤地形同陌路,一如世界上所有的躯体。

---

① 单子,标志存在的结构与实体的单元的哲学术语,各派哲学家对它有不同的解释。

# 4

他们刚用完餐。绫子把沏好的绿茶倒入三个形状不规则的粗瓷杯。

"杯子是住在日本东北部的一位陶艺家朋友做的,我们特别喜欢。"

"非常漂亮,我很喜欢。"

"那位工匠全心追求陶艺的美,"绫子说,"他做陶器完全没有商业考虑。当然,为了生活,他也做些小东西,茶杯、瓶子之类的。他做得不多,只要够生活就行。剩下的时间和精力,全都用在无止境的艺术探索上,让艺术臻于完美……在这方面,他很激进,毫不妥协。这些瓷杯是他送给我们的礼物。"

"我能理解您的友人。我们觉得自己可以胜任一些事情的时候,就不愿受商业渠道的摆布。特别成功的感觉,对我来说极其罕见,不过我还是体会过一两次……关于黑神先生,我想问您几个问题。"

"好的,不过,我不确定是否能答得上来。他是个沉默寡言的人,很少谈论自己。我母亲常说:'他为什么不说话?!跟这么个哑巴生活真没意思!'我对父亲的过去知之甚少,完全是从母亲那里听来的,而不是他自己对我说的。"

"哦,是吗?看来他是个忧郁的人。"

"对,他就是这样的。母亲常常抱怨父亲沉默寡言、自我封闭的个性,不过她又说:'要理解他,他全家都在广岛,被可怕的蘑菇云杀死了。'"

"家里所有人!"

"是的,他父母、祖父母、姐姐、姐夫和他们的孩子,还有他弟弟……全部都被烧焦了……他当时是陆军军官,住在东京,逃过了一劫……8月6日灾难日后没过几天,他就去了广岛……在那儿,他肯定看到了非常恐怖的情景……他再也没回去过……也从来没谈起过……"

"战争在1945年8月就结束了。后来他怎么样了?军旅生涯结束了,他后来做什么工作?"

"他在一家镍材料厂当工程师,在那儿一直干到了退休。据我母亲说,他去过一家古典乐出版社求职,但是没成功。"

"他是哪一年结婚的?"

"1946年。我是1948年出生的。"

"黑神先生是个乐迷,对吧?他喜欢哪种音乐?有哪些偏好?"

"他非常喜欢莫扎特、贝多芬,对其他时代的音乐也感兴趣。从蒙特威尔地①到肖斯塔科维奇②,这几个世纪的音乐家,他都听。在二十世纪的作曲家中,他特别喜欢巴托克③和贝尔格④,喜欢贝尔格的小提琴协奏曲《纪念一位天使》和歌剧作品《沃采克》。他说:'希望有一天绿会演奏他的协奏曲。'"

"不过……"

绿打断母亲的话:

"他最喜欢的还是弦乐四重奏,特别是莫扎特、贝多芬和舒伯特的弦乐四重奏……我记得有一天他对我说:'这和我最厌恶的军乐完全相反。'"

---

① 克劳迪奥·蒙特威尔地(1567—1643),意大利歌剧作曲家,前期巴洛克乐派最重要的代表人物之一。
② 德米特里·德米特里耶维奇·肖斯塔科维奇(1906—1975),苏联著名作曲家。
③ 贝拉·巴托克(1881—1945),匈牙利现代音乐的领袖人物,作曲家、钢琴家、民间音乐学家。
④ 阿尔班·贝尔格(1885—1935),奥地利作曲家,表现主义音乐的代表人物。

"军乐?"

"对,用他的话说,就是那种'把士兵变成畜生'的音乐。在军队里,他不可能不听那种音乐,但对他来说,那是变质的音乐。音乐原本是人的内在体验空间,然而'军乐夺走了人的本质',这是他的原话……他痛恨军乐。我想,他需要把自己浸泡在真正的音乐中,洗掉变质音乐在他身上留下的痕迹。"

"也许,他想逃避,"礼说,"想和音乐独处,摆脱与军乐相伴并被它强化的集体的裹挟。"

"是啊。晚上下班回家以后,他做的第一件事就是放唱片。他听四重奏,莫扎特献给海顿的六首四重奏。他经常在一段时间里反复听《罗莎蒙德》和《死神与少女》。他也很喜欢巴赫,总是听巴赫的《无伴奏小提琴奏鸣曲和组曲》,各种版本的都听。"

"他真的非常喜欢弦乐。"

"确实如此。他对弦乐的爱不断加深,以至于想把外孙女培养成小提琴家……"

绿笑了,接着说:

"就像您说的那样……他躲进音乐里,不过,'躲避'这个词可能不太恰当。"

她赶忙纠正自己的用词,犹豫片刻,她继续往下说:

"他和音乐有着极强的纽带关系。音乐对于维持他的心理平衡是不可或缺的……战争让他的心灵变得异常脆弱。他从来没提过军旅生活,没提过在部队里的经历,除了仅有的一次。我想……他对那场军乐鼓噪下的集体疯狂只有噩梦般的回忆。"

绿的嘴角挤出一丝苦笑,礼看着她,一个字也说不出来。

绿接着说:

"他对我说过一次,只说过那一次……那次对话实在太特殊了,所以我一直记得。他对我说,又像是对一个不在场的人或者对自己说:'我们犯下了暴行……所有行为,即使是最野蛮的、最没有人性的,都可以打着天皇的名义来辩解……这些事,再也不要发生了,再也不要。我很羞愧当过陆军中尉……我很羞愧自己苟活了下来……'这通突然迸发的忏悔后,他陷入沉思,仿佛自己已经不在那里……"

"对那些因为战争在战火中失去所有家人的人来说,这完全可以理解。"

礼开始用极其低沉的声音说话,那声音仿佛来自九泉之下,就像是对附身在自己体内的人说话。

"我斗胆说一句,黑神中尉是原子弹爆炸中的幸存者。一个半死不活的人……一个死了一次又继续活下去的人……或者是一个活得跟死人一样的人……可能……有点像奥斯维辛集中营的幸存者。我自己就有点这样……不，我说得太夸张了。我这样说话，太失礼了。"

一阵沉默。

"战争也夺走了我的家人，也就是我的父亲……因为我只有父亲这一个亲人。我们家就剩我们父子俩。他很年轻的时候，父母就过世了。在我三岁的时候，他失去了妻子。我母亲的父母好像完全没有从女儿的早逝中缓过来，他们先后在我八九岁的时候因癌症去世……我是在家人不断离世的氛围下长大的……"

又出现了沉默，铁石般的安静，比上一次的时间还长。

"哦，我为什么要说这个，请原谅我……"

礼拿起杯子，一口喝掉已经凉了的茶。

"我去烧点水。"山崎绫子一边说，一边起身。

"您知道黑神先生为什么去完克雷莫纳，还执意要去米尔库吗？他告诉过您原因吗？克雷莫纳一直光辉灿烂，米尔库却渐渐失去了光彩……他为什么还要去呢？"

"的确，那座城市有点冷清……让人提不起兴致……"绫子答道。

"可是在十九世纪，那可是一座很繁华的城市，好像有六百多位制琴师在那里生活！我是后来才知道的……"绿补充说。

"是啊，现在多么衰败！"礼感叹道。

"我觉得，他只是想让我了解法国的小提琴之都……我记得旅行后，又过了几年，他对我说了一番话。他说我应该了解克雷莫纳，因为那是斯特拉迪瓦里、阿玛蒂、瓜奈里的城市。而米尔库，因为维尧姆家族而地位非凡……他常对我说：'不是只有意大利制琴师，在法国，还有维尧姆家族！让·巴蒂斯特·维尧姆和尼古拉·弗朗索瓦·维尧姆！'"

## 5

绫子回来了，茶壶里已经续好了热水。她往茶杯里倒茶时，礼问她说：

"黑神先生去世是……"

"1993年。我们完成了难忘的欧洲之旅后，又过了六年。哀悼他的日子……非常痛苦……1995年，我丈夫也心脏病发作，去世了。"绫子答道。

"您父亲最后几年过得还好吗？"

"最后三年，他住在一家适合他身心状态的养老院里。从欧洲回来后不久，他就得了老年痴呆。一开始，我们还能在家里照顾他。后来，从某个时候起，就变得特别麻烦。他行走不便，得时时刻刻盯着他，防止他跌倒或者干傻事。绿因为学业，经常不在家，她每天都去音乐学院，没课的时候也去……我那时候要做兼职，不能时时刻刻陪在他身边，所以才送他去养老院，虽然我不太想这样。"

"可是,妈妈,这是唯一可行的方法!外公在那里很幸福,我相信是这样。我们经常去看他,所以他觉得那里就是自己的家。"

"并不总是这样的。要我说,他更像是不知道自己在哪儿……记忆力以及对时间和地点的感知完全错了位……他经常忘了刚做过的事……也记不住护理人员还有其他老人的名字……他经常问我他父母的消息,其实他们早就在广岛去世了。他苦苦等着妻子回家,实际上我母亲好几年前就去世了。在他的脑子里,不同时期的人生混杂在一起……我们很难明白他的逻辑……我什么都依着他,不反驳他,因为反驳也没用……"

绿听母亲讲外祖父的生活琐事,其中有一些,她以前并不知道。等母亲说完,她接着说:

"有时,记忆和逻辑太混乱了,我都没法儿跟他说话……妈妈,你记得吧,他有时会变得特别狂躁。临终前,他发作得愈发频繁。那时,我们根本听不懂他在说什么,只能跟他说,好,好,好……"

"是啊,有时,他一整天都在重复一句话:'我什么也做不了,我什么也做不了……'"

"他还会说:'我的小男孩,后来怎么样了?'其实他只有一个独生女,就是我母亲……在这种极其混乱的时候，只能做一件事，那就是和他一起听音乐。我试了很多次才搞明白，只有巴赫的《无伴奏小提琴奏鸣曲和组曲》还有舒伯特的四重奏，才能让他平静下来……"

"这真的很神奇！我听了绿的建议，去看他的时候，就给他听CD。每次，他都对我说：'啊，我一直想听这个！'其实，前一天听的音乐就是这个。"

礼一直低着头，绿和母亲讲述黑神中尉临终前痛苦的生活，让他想象起这位前陆军军官，广岛爆炸的幸存者在听这些具有安抚特效的弦乐作品时的内心活动。礼闭上眼，好几秒钟都一动不动，就像排除了心中杂念的僧人。绿有点担心。

"水泽先生，您还好吗？"

绿和绫子对视了一下。

"您还好吗，水泽先生？"

"没事，我没事……对不起，我走神了……您知道，那个星期天，我父亲和他的中国朋友被逮捕前，就在排练舒伯特的《罗莎蒙德》。我不记得有没有在信里跟您说过。"

"没有，您没跟我说过……我觉得，您并没有告诉过我这个细节……"

"我以前就知道那是一部四重奏作品，不过不知道具体是哪部。我的法国养父菲利普告诉我，那部作品是舒伯特的《罗莎蒙德》。那天，他来找我父亲，可是他们在排练，所以他们俩没能说上话，于是他们约定晚上再见。菲利普很快就离开了，他听了《罗莎蒙德》的开头，可能没有听全第一乐章《勿太快的快板》，不过还是听到了一部分……他总对我说，每每想起那个时刻，他都会心潮澎湃。你们看，我就是这样知道他们排练的是《罗莎蒙德》。"

"那是一部非常美妙的作品！"绿感叹道。

"我父亲还单独演奏了另一部作品……在士兵来了以后……我当时在壁柜里……浑身颤抖……不过，我还是大着胆子从锁眼往外看了几次……那些士兵站在那儿，一动不动，面向一位身材瘦高的长官，应该就是您的外祖父……我父亲的小提琴被扔在地上，完全毁了……有人在它上面……踩了几脚。"

"这，这太可怕了！您想象不出来，得知您父亲的小提琴曾被一个军人践踏时，我有多难受……这太难以想象了！"

"是，是很可怕……不过，既然一个人都可以杀死另一个人……毁掉一把小提琴，一把普通的小提琴，就没什么大惊小怪的了……这不难理解。"

"我敢肯定，对您父亲来说，小提琴就是他自己……他的身体的一部分。"

"肯定的……是的，肯定是这样的……后来，有人请我父亲再演奏一下……一定是黑神先生，我想不出除了他之外还会有第二个人……于是，他演奏了一曲，非常短的曲子……毫无疑问，他是用中国朋友的小提琴演奏的，因为他自己的已经用不了了……曲子持续了三四分钟……是哪首曲子？我当时并不知道。除了我还有谁听到这首曲子？您父亲……他已经不在人世；那些士兵，已经找不到了，而且肯定也不在了……最后，还有那三位中国音乐家朋友，可我后来再也没有见过他们……所以，没有见证人。我对那首曲子毫无头绪……直到有一天，听到巴赫的《无伴奏小提琴第三组曲》里的《加沃特舞曲》，我突然灵光一现。"

礼突然停下。情感的波涛直冲胸口，他不得不停下来，调整呼吸。

"太神奇了，巴赫的音乐让冻成厚冰的时间融化了！"绿不禁感叹。

作为回应，礼抬头看着天花板，张开双臂……

"那是1972年还是1973年，"他接着说，"我在巴黎安顿下来没多久。您知道，学习弦乐器制作的时候，我听过无数小提琴曲。一开始，听78转唱片，还凑合。黑胶唱片一出现，我就去领略最伟大的演奏家的音色。一天，我听梅纽因演奏巴赫的《无伴奏小提琴奏鸣曲和组曲》。《加沃特舞曲》响起时，我突然有一种奇特的感受，觉得在梅纽因精心雕琢的分句法里听到了父亲的演奏。三十多年的时间距离突然消失了，就像父亲在我眼前演奏……我想，那天，他被带去宪兵队前演奏的就是《加沃特舞曲》，请他演奏的可能就是黑神中尉……"

绿没做半句解释，突然请礼回音乐室。

礼选了两把扶手椅中的一把，绫子坐到他对面的沙发上。绿走向三角钢琴，上面放着她的小提琴。她打开琴盒，花了几秒钟调音，然后开始演奏《加沃特舞曲》。傍晚的橙色阳光穿过正对着花园的大窗，斜射到音乐室里。身材修长的绿下半身被照亮，并随着斯特拉迪瓦里琴的清澈乐音轻轻摆动。

# 6

绿把琴放回琴盒，坐到母亲旁边，对礼说：

"我对您说过，我外公经常听巴赫的《无伴奏小提琴奏鸣曲和组曲》。他还让我为他演奏过几次《加沃特舞曲》。"

"他让您演奏？"

"对……他让我演奏的……我说不上来多少次了……但可以肯定的是，这首像小珠宝首饰一样精美的曲子，我至少在他面前拉过两次……也许这个信息……可以增强您内心的信念。"

"是的，完全可以。"

"而且，让人惊讶的是，他也特别喜欢梅纽因的版本……"

"哦，是吗？……真不敢相信……真不敢相信……"

礼又一动不动，陷入激动的情绪中。

# 7

"水泽先生,如果我对您的信理解无误的话,您先是在米尔库学习,后来去了克雷莫纳,在那儿学了很长时间,比在米尔库的时间还长。"

"对,我在米尔库待了五年,在克雷莫纳待了十六年。很多法国制琴师都在米尔库学这门手艺,我的情况有点特殊,还得去克雷莫纳进修。因为我从开始学习弦乐器制作的那刻起,我的人生大事,甚至可以说唯一的人生大事,就是修复父亲那把严重受损的琴。因此,我要跟随特别擅长修复弦乐器的大师学习所有必要的技能。"

"这么说,您已经修好了父亲的琴?"绫子问。

"是的。"

"太好了!"

"我花了很长时间,因为只要对自己的技艺有一点不确定,我就不能动手……父亲的琴已经破损不堪。我的师傅甚至对我说,它根本不值得修。可是,我无论如何也要拯救这把琴。这是父亲留给我的唯一一件东西……这把琴的状况真的很糟。那个野蛮的士兵把全身的重量都压到了琴上。它被……踩碎了……连音柱也碎了。"

"我的天!"山崎绿喊道,"连音柱都碎了!面板肯定也裂了?"

"是啊,不只是面板,还有琴颈、指板、侧板、琴马,总之,几乎全都要重做。背板也受损了,只是程度轻一些,没有受损的只有旋首和弦轴。"

"这已经不是修复了,几乎是重新制作。"绿一语破的。

"从某种意义上说,是这样。不过,我想保留所有能抢救的部分……为此,我愿意一步一步,一点一点,一个零件一个零件地慢慢推进。修复的每个动作、每个步骤,我都力求完美,不容半点冒进。对我来说,这是让父亲的小提琴回到最初的状态,让它重获之前的健康,就像我在用某种激进的外科手术,修复父亲受伤的躯体……"

一种无声的情绪搅得他心神不宁,心像打了个结,这是他第三次因为情绪激动说不出话来。

两位女士不出声,也不敢再问他别的问题。她们听到他的呼吸在几秒钟内变沉重,而且明显比正常速度快了很多。她们对视了一下。绿起身走到堆满乐谱的书架前,拿起充当书立的厚本,然后走回来坐到母亲旁边,打开其中的一页,里面贴着几张照片,其中一张泛黄得厉害。她把摊开的相册放到依然沉默的礼面前,这时,他像哮喘发作一样剧烈地呼吸起来。

8

沉默就像幽深的洞穴被突然打开，把他引向阴郁的过往，一串生动的画面和难以磨灭的回忆在那里静静流淌，毫无波澜。礼沉浸在自己制琴师的生涯中：来到让·巴蒂斯特·维尧姆的城市，在拉贝特师傅家安顿下来，和埃莱娜相遇；在克雷莫纳深造，师从制琴大师、著名的古琴修复师洛伦佐·萨帕蒂尼。到了四十三岁，他终于着手他的一生之作，有时他称之为"生命之作"，这时，距离那次事件已有三十二年。在那场灾难中，父亲的小提琴被人用蛮力破坏，连音柱都碎了，父亲的心也跟着碎了。礼像苦工一样劳作，像铁石一样坚韧。和蔼的萨帕蒂尼老师从旁督促，连最小的细节也不放过，几乎像父亲关注儿子一样，因为他知道徒弟为什么投入这么大的热情，去修复一把受损极其严重的小提琴，而且这把琴并非出自古代大师之手。礼记得师父在细心辅导他一年后说过的话：

"现在，你可以靠自己的翅膀去飞了……去吧！在你需要建议时，可以随时回来找我……"

于是，礼决定回巴黎，自立门户。那是1971年。埃莱娜也到巴黎来陪他，在八区的拉博埃西街开了间店面很小的琴弓工作室。在克雷莫纳漫长的流放期，他每年只能和埃莱娜见一两面，在夏天或在冬天，但他们从来没有中断书信联系。礼在克里希广场附近找到一间十五平方米的迷你公寓。他在里面住，也在里面工作，小公寓既是他的卧室、厨房，也是他的工作室。那两年，他和埃莱娜每周只见一两次，因为他要做很多事才能在大得吓死人的首都生活下去，继续他的工匠生涯。他制作了几把小提琴和大提琴，修复了一些乐器，也做新旧乐器的调校和保养，因此并没有多少时间可以献给自己的父亲，但他并没有忘掉。

礼在演奏家的圈子里渐渐积累了好口碑。他工作严谨、细致，为人坦诚，按时履约，善于倾听乐器和艺术家的需求，有条不紊地扩大客户群，独奏音乐家、交响乐团的乐师、高水平的乐迷、音乐学院的学生都成了他的客户。之后的六七年里，他的公寓面积不断扩大，十五平方米，三十平方米，然后四十七平方米，最后一下子换成了九十平方米。而且他十分凑巧地在那不勒斯街找到了理想的位置开工作室，那里离马德里街的音乐学院不远。从此，留给父亲的时间变多了。回到巴黎几年后，他终于找到了内心的平静，那是修复父亲的小提琴的先决条件。

就这样，他在工作室里与父亲受伤的乐器共处了很长一段时间。父亲的小提琴缓慢地恢复了原来的样貌，散发出重生后的光芒。

# 9

"谢谢你们给我看这些照片。特别是在这张照片上,我能辨认出当时背着光出现在我面前的那张脸,递给我小提琴的那个人的脸,'黑色的神'的脸……"

太阳西沉,礼看了看手表。

"都到五点了!我占用你们太长时间了,真是抱歉。"

"没有,完全没有,水泽先生。您从巴黎那么远的地方来,还要回忆日本的生活往事……我没有察觉时间过得这么快。很高兴能和您谈谈我的外祖父……今天,他在我心中的形象,因为一些细节和细微的差别变得更加丰满,我真的很感谢您。"

礼微微点头,流露出一种难以描述的犹豫,几秒钟都说不出话来。最后,他弯腰拾起被他放在扶手椅旁边的琴盒,打开琴盒,取出在里面沉睡的乐器。

"这是我父亲的小提琴……已经修好了。"

"我的天哪,您竟然带着它!"绫子惊叹道。

"我父亲使用过的部分只剩百分之十五到百分之二十,多亏了您的外祖父,它才挺过那场劫难。这把小提琴是尼古拉·弗朗索瓦·维尧姆,也就是让·巴蒂斯特·维尧姆的弟弟制作的。我在琴里面找到了他的签名。我不知道那天我父亲有没有时间告诉黑神中尉,这是大维尧姆的弟弟制作的琴……不知道父亲为什么会得到这把琴,也不知道琴是怎样到他手里的。"

"我外公坚持要去米尔库,难道不是因为一直记着您父亲的琴吗?他一定是从水泽先生口中得知,这是尼古拉·弗朗索瓦……制作的琴。"

"绿,你说得对,"她母亲同意这种说法,"这就可以解释为什么我父亲的脑子里有这个执念,一定要去米尔库。"

"这把琴可真是太美了!"

"我重做了面板、侧板……还有很多东西。我还重新刷了漆……所以,琴的外观变化很大。您的外祖父要是还在世,应该认不出来了。我在里面尼古拉·弗朗索瓦·维尧姆的签名旁边,用更小的字体署了我的名。"

"我能试一下吗?"

"当然可以,我非常荣幸……"

山崎绿握着这把散发暗红色光泽的小提琴,它的历史浸染了鲜血,它曾惨遭"杀害",但先被"黑色的神",也就是她的外祖父黑神健吾出手相救,后来琴主的儿子成了制琴师,奇迹般地把它救活了,然而琴主却永远消失在1938年秋天的那个周日。她用了几秒钟调琴,正准备演奏,突然想到什么。她走回礼身边,指着琴盒里的琴弓问:

"我是不是最好用这把琴弓?"

"那倒不一定……这把琴弓是埃莱娜,我的伴侣……呃,我的妻子做的。做琴弓的时候,她尽量想象小提琴修复后的样子。"

"那我就用您夫人做的琴弓演奏。"

绿放下自己的琴弓,拾起埃莱娜的琴弓,就站在两小时前演奏《加沃特舞曲》的地方,重新演奏巴赫的作品。高音像乌云翻滚的天空中落下的一长串雨滴,雨后初现的阳光斜射入郁郁葱葱的北国森林,让雨滴熠熠发光;中音和低音像裹上了棉絮,在丝绒布上滚动,让人感到窝心的暖意,就像待在整夜烧火的大理石壁炉旁。除此之外,音色也十分均衡优秀。音乐自由畅快地推进,往复,上升,下降,让人联想到步入美景时幸福欢快的舞蹈。

## 10

"琴声非常美妙。水泽先生,您做出了一件精品!所有音区、所有的弦音色都十分均衡……太惊艳了!我太想用它来演奏了。"

"是吗?真是这样?"

"是的,是的,绝对是真心话。我觉得,这件乐器品质出众……这可不是天天都能遇到的乐器……"

山崎绿小心翼翼地把琴和琴弓装入放在茶几上的琴盒中,长方形的茶几在沙发和扶手椅间反射出落日的余晖。

"那,我就把琴送给您,您留着它。如果您能让它绽放光彩,助它成长,我会非常高兴……1982年修复好这把琴之后,我向几位小提琴家展示过它。有几位想把它买下,不过我总是对他们说,这是非卖品……"

"水泽先生,我可以很确定地告诉您,所有专业的小提琴家都想用这把琴演奏……"

"您的外祖父救了它,他希望您成为小提琴家,您已经是世界知名的小提琴家了,如果您觉得它能和您融为一体,能按照您的意愿创造音乐,我当然应该把它送给您……我父亲的琴在您这里会比在我那里幸福得多。它需要表达自己的感情……"

"哦,水泽先生……"

突如其来、超乎想象的礼物让这位年轻的小提琴家既惊讶又激动,她说不出话来,转向母亲。母亲也惊讶到失语……沉默了好一会儿,绿才苦苦压制着即将夺眶而出的泪水,说:

"谢谢您,水泽先生。我不知道该说什么……这是一件无与伦比的礼物……我完全没有想到……"

她不得不停下,让情感的波浪平静下来。

"非常感谢您对我的信任。我不知道该怎么谢谢您……我会照顾好您的,您父亲的小提琴……我会经常告诉您它的消息。"

六十五年前,水泽裕的小提琴,也就是尼古拉·弗朗索瓦·维尧姆制作的琴惨遭野蛮破坏,差点成为一堆碎片。水泽裕的儿子,躲在狭窄黑暗的壁柜里瑟瑟发抖的那个小男孩,从一个陌生人手里接过破碎的琴。后来,小男孩成了著名的制琴师水泽礼或雅克·马亚尔,用巧手复活了它。六十五年后,这把琴回到了那个陌生人的家族。

## 11

礼的小提琴，尼古拉·弗朗索瓦·维尧姆制作并被礼复活的父亲的小提琴，现在交给了山崎绿，"黑色的神"的外孙女。水泽礼背负多年的重担明显减轻了，无论走到哪儿都拖累他的铁链，终于被斩断了。

第二天上午，一醒过来，他就想到东京市区四处走走。回巴黎前，他有一天自由活动的时间。他的脚步自然而然地把他带到涩谷，六十五年前他生活的地方。过了半个世纪，东京彻底变了样。礼早就知道自己什么都找不到，就算到了那个地方，也什么都辨认不出来。于是，他先去了涩谷区政府，想找一些可靠的坐标。

在档案资料服务窗口，他告诉一位五十多岁的工作人员，想找1938年区文化中心的位置。工作人员捧来一沓厚厚的旧地图，翻到和那个时期对应的页面，毫不费力地找到了区文化中心的位置。

"您知道，变化太大了。1945年，整座城市都被夷为平地。"

"是,我知道3月10日的空袭导致十万多人死亡,一百多万人无家可归。三百多架B-29轰炸机就像一大群苍蝇,遮天蔽日,在两个小时内扔下了三十八万颗燃烧弹……"

"是啊,那绝对是恐怖至极的事,我想……那种地狱般的景象,跟几秒钟就造成同样多死亡的广岛原子弹爆炸差不多。除了核辐射之外,结果都一样……3月10日,轰炸机瞄准的是东部的居民区。涩谷这边,则是5月的空袭,很恐怖……"

"战后重建肯定让这些街区变了模样。"

"是啊,全变了。"

五十来岁的工作人员一边埋头在现在的地图和1935年到1940年间的地图上查找,一边回答老人的提问。他偶尔也会停下来,看看标记了1945年东京大轰炸中火灾区域的地图。

"我在这张今天用的地图上标记了区文化中心的位置。您可以带着这张地图去找。您去看看吧,也许有些街道幸免于难,还是老样子……"

"谢谢您。您太细心了。"

"别客气。您在做研究吗?"

"不是，1938年的时候，我住在那里。我想再看看小时候住的地方，我已经在国外生活了六十多年。"

"啊，是这样！"

"我想去看看父母原来住的地方。如果我没记错的话，他们的邮政地址里有'Shinsen'这个词。是'神之泉'的意思，对吧？"

"对……真有趣，我并没有联想到'Shinsen'的词义。"

他又去看标记了1945年火宅区域的地图，过了一会儿，对老人说：

"神泉町①离这里不远。您需要的话，我可以在刚才给您的地图上标一下。"

"啊，您太贴心了……"

"好了……走运的话，您应该能认出以前住过的地方。根据我在地图上看到的，神泉站②以南的整片区域都没被破坏。好了，祝您在'神之泉'周围散步愉快！"

"谢谢您！"

走了半个小时，礼来到一栋楼前，那里是神泉町的公

---

① 町是日本的行政区划名称，行政等级相当于中国的乡镇或街道。
② 神泉站位于东京涩谷区神泉町。

共图书馆,就是以前被人们称作区文化中心的地方。眼前的一切并没有让他想起什么。他继续走,来到一个小小的路口,看到石墙后有一棵颇为壮观的樱花树,黑色的树枝上布满了疙瘩。他选了一条小巷,继续往前走,巷子里没什么店铺,城市的喧嚣也留在了身后,越来越远。就是在那儿,一片空间出乎意料地展现在礼的面前。

他的脚自动往前走,激动的感觉在体内上升。他重新找回那天往家里走的时候身体的动作和频率,那时旁边还跟着一只神奇地出现在路边的柴犬。

他停在一栋新房前,可能是一栋木质房屋,米褐色的墙面仿制出墙砖的效果。他环顾四周,没看到让他想起童年的任何东西,然而对空间的特殊感受让他觉得就是这里。这时,他看到还是十一岁男孩的自己坐在那儿。夜色越来越深,路灯从他的左边照过来。他感到小动物的热量在腹部蔓延,渐渐睡意沉沉……

## 12

　　这天晚上,莫莫来看他,一直走到他的酒店房间的床边。

第四章

# 中速的快板

# 1

礼敲了一下门。

"请进。"一个女人立刻用日语回答,声音微弱,透着疲惫。

这间单人病房对着花园。穿白大褂的护士戴着听诊器,在给一位老妇人量血压。老妇人躺在半升起的护理床上。护士转向礼,抬手示意他等一下。老妇人不说话,一直冲他微笑。

护士把听诊器挂在脖子上,在纸上记下病人的体温和血压,然后对礼说了几个他听不懂的词儿。老妇人小声对他说:

"她说,您可以拿把椅子,坐到我旁边来。"

老妇人用清晰的日语,抑扬顿挫地说出这句话,这让他想起初中时,听到她用清脆的嗓音那么自然、那么流利地吐出一连串日语单词时自己微微颤抖的感觉。现在她的声音更低沉了,略有些嘶哑,不过她的日语依然很流利，吐字清晰，圆润如玉。

"谢谢。"

礼用唯一会说的中文回答。

他坐在床边，握着病妪瘦弱的右手。她情绪激动，眼泪止不住地往外涌。初夏午后的太阳在洁白的床褥上投下一枚闪亮的光斑。半个多世纪前在东京匆匆相遇的两个人，在上海的一间医院病房里，重新开始交谈。

## 2

2004年春,礼收到一个自称代表林砚芬的中国小伙子的电子邮件。邮件是用日语写的。写信人说,他替姨外祖母给水泽礼写信,因为她想和他联系,而且想知道他是不是1937年到1938年间她在东京认识的水泽裕的儿子。

林砚芬因肝癌晚期入院,知道自己时日无多,便告诉甥孙,想找水泽裕的儿子。1938年的一个周日下午,水泽裕在和她还有另外两个中国人组成的弦乐四重奏组合排练时,被宪兵逮捕了。甥孙想帮姨外祖母了却心愿,便开始在互联网上寻找。他找到好几个叫水泽礼的人,记下他们的履历,把搜索结果拿给姨外祖母看。林砚芬看到几个颇有说服力的线索——"孤儿""法国养父""在法国和意大利学习弦乐器制作"等,这些都是制琴师水泽礼的个人网站上披露的信息。她告诉自己,这很可能就是她要找的人。于是,她用日语口述了一封简短的信,让甥孙用邮件发给这个人。

写信人：余坚

收件人：水泽礼/雅克·马亚尔

主题：受林砚芬委托

日期：2004年4月29日

您好，我叫余坚。我代表我的姨外祖母林砚芬给您写信，您应该还记得她。这是她在上海的病床上给您写的信。

1934年到1938年，我在东京学习农学。我遇到您的父亲水泽裕，他向我和另外两位中国朋友提议，组一个弦乐四重奏。这个四重奏组合给我留下了难忘的回忆。1938年，一个周日的下午，我们在涩谷的区文化中心排练一部舒伯特的四重奏作品，一群士兵突然进来，打断了我们。您父亲听到嘈杂的军靴声，预感到了危险，及时把您藏到壁柜里。那天，我们排练的时候，您在专心地读一本书，我没有记住书名。如果您是水泽裕的儿子，您应该记得书名。

如果您对刚刚读到的这几行字有印象，希望您能给我回信。

盼复。

林砚芬

礼立刻写信回复这个中国女人,告诉她自己就是那个男孩,当父亲的四重奏组合排练的时候,他在埋头读《你想活出怎样的人生》。三天后,林砚芬发来第二封邮件。

写信人:余坚
收件人:水泽礼/雅克·马亚尔
主题:我非常高兴
日期:2004年5月2日

亲爱的礼:

　　我们现在联系上了,我真的太高兴了,您一定想象不到!我要感谢互联网!

　　我今年九十二岁,在上海的一家医院度过最后的日子。我病了,也许只能再活几个月……

　　我的甥孙在大学里学过日语,还懂信息技术,我让他给您写信是因为我想见您,好把您父亲的两件遗物交给您。我病了,所以不能去见您。您能不能来上海见我?如果您来不了,我可以把这两件东西寄给您。

我急切盼望您的回复。

林砚芬

礼急忙预订机票和上海的酒店,然后回复林砚芬,告诉她自己将在一周后去中国。

## 3

礼向中国老人讲述了自己在那个周日,从父亲和音乐家朋友们消失后到晚上的经历:黑神中尉小心翼翼地把破碎的小提琴交给他,回家路上他与柴犬的奇遇,父亲的法国友人菲利普到来,发现他在家门口打瞌睡,还有一只小动物钻到他的大腿和胸之间的缝隙里,用自己的热量温暖他……

砚芬躺在放平的病床上,问礼是不是那个法国记者帮了他……

"是的,那天,我没带钥匙,进不了家门,就对菲利普说了他离开以后发生的事。我们在黑暗中等了一会儿,后来,菲利普觉得应该把我带到他家,而不是陪我在这里等不太可能回来的父亲。他让我在他家住了一段时间。我认为,他已经倾尽全力去打听我父亲的下落。"

"后来他告诉您,您的父亲被送进了宪兵队……"

"对……不过我觉得他没有把他掌握的全部情况告

诉我，只说了很少一部分……"

"这很正常，您太小了……那时您几岁？"

"十一岁。"

"他想保护您，免得让您受到太大的打击。"

"当他知道我父亲再也回不来了，他就决定领养我，因为我成了孤儿，只能孤苦伶仃一个人……战争把日本变成无法控制的猛兽，在这样的大背景下，菲利普和他太太伊莎贝尔在周日的悲剧发生了几周后，选择了回法国。"

"他做得对……啊，要是裕当时就知道的话……"

"是啊，他一定为我担心死了……"

卧床的老太太用白布手绢拭去滚落到面颊上的泪珠。礼停了一会儿才继续往下说：

"总之，我就这样成了菲利普·马亚尔和伊莎贝尔·马亚尔的养子，在法国长大……"

礼对她说了一些他在法国的童年往事。

砚芬听着，不时点头。礼一直用双手握着她的手。有时，她呼吸得很沉重，就像害怕自己喘不上气来。

礼没有说话。

长时间的静默无言将远道而来的老人和病榻上的老太太卷入一种情绪浓烈的心灵对话中，他们为人生旅途中的这次重逢激动万分。

"后来,您成了制琴师……"

"对。几番尝试之后,我很快就转向了弦乐器制作,因为我想修好父亲的小提琴。我一直把那把破碎不堪、半死不活的琴带在身边。我先在米尔库学,后来又去了克雷莫纳……制琴成了我唯一的爱好……"

林砚芬闭上眼,左手掩面。

有人敲门。一位五十来岁的医生和一位护士(不是刚才给病人量血压的护士)进来了。医生向礼微微欠身致意,靠近砚芬,把手搭在她的左手上诊脉。他声音洪亮,和颜悦色地和病人说话,病人只能用微弱得几乎听不清的声音回答他。礼完全听不懂他们在说什么,不过,从医生温厚的态度中,完全能感受到医生对"被判死刑"的病人的细心照料和真情陪伴。医生用自己的大手握住砚芬的手,向访客点头示意,然后走出病房,同时跟护士说了一些医嘱,这时护士就像速记员,飞快地在挂在脖子上的写字板上记录。礼小声问护士:

"对不起,请问我还能待在这里吗?我不会打搅她休息的。"[①]

---

[①] 此处原文为英语。

"可以①……您可以留在这儿。您在这儿,陪着她说话,反而对她有好处!我们是这么认为的。她跟我们说过一些自己的事……还有您的事……"穿白大褂的女士用相当自然的法语小声回答,脸上挂着和气的微笑。

她突然说起法语,这让礼十分意外。

"您的法语说得很不错!"

"我在大学学过法语,后来去法国进修了一年……在图卢兹。法国给我留下了美好的回忆……"

"太棒了!"

"要是您有任何问题,请来诊疗室找我。"

礼刚对她说完谢谢,她就消失在走廊里。他回到砚芬的床边,砚芬好像睡着了。礼踮着脚尖走出房间,打算半小时后再回来看她。

---

① 此处原文为英语,后面的答话原文是法语。

## 4

礼轻手轻脚地打开门,砚芬还在睡。礼坐在床边的椅子上,尽量不发出任何声响,看着躺在病床上的老太太,细看她脸上的皱纹、微微张开的嘴,还有苍白干瘪的脸颊。他想起多年前的那个周日,看到她明媚灿烂的脸庞和纤弱修长的身体时内心的悸动。他想,那是他第一次被腹中涌起的不明力量搅得心乱如麻……

"对不起,我睡着了。"

"您不用道歉,看着您静静地睡觉,我很高兴。"

砚芬看了一下床头柜上的闹钟。

"我没睡多久……"

"是啊,差不多半小时。"

"我不能在白天睡……这会影响我的正常睡眠。不过……我很久都没睡过好觉了……"

"是吗?"

"礼,我要告诉您,您和父亲永别后发生的事情……"

"好的，要是您不会因此太疲惫的话。"

"不会，我不会累的。相反，我很高兴能和您谈一谈。您这么客气，专程过来，我得把您不知道的那些事都告诉您。更重要的是，我要把放在柜子里面布袋里的东西还给您。"

砚芬请礼取出布袋，把它打开。

"里面有一本书和一件羊毛开衫。"

"一本书和一件羊毛开衫？"

"对。不过，我得先告诉您，您从壁柜里看到的场景之后，我们经历了什么。"

"我父亲演奏完巴赫的音乐……"

"对……他精湛地演绎了《加沃特舞曲》……我们所有人都惊呆了，心潮澎湃……也包括那位请他演奏的军人……我想。"

"看来确实是《加沃特舞曲》。"

"对，我记得清清楚楚，就像是昨天发生的一样。"

砚芬望向空中。礼什么也没说，默默地把自己的右手放在她的右手上，病人皱巴巴的手像是风忘了卷走的枯叶，搭在床单上。她的手很冷。

"当兵的把我们带到一个拘留所。二十四小时后，他们释放了两位中国朋友，康和成……可能因为他们是享受奖学金的留学生。不过您的父亲和我没被释放。我觉得您可能没有注意到一个细节,就是那些当兵的认为我是您父亲的妻子。"

"啊,是吗?为什么会这样?"

"他们盘问每个人的身份时,您父亲不假思索地对他们说,我是他太太,我叫爱子……他一定是……想保护我。"

"其实,这我是知道的。"

"那时候,人们都用怀疑甚至鄙视的目光看中国人。"

"我在想,现在不还是这样吗……您的那两位中国朋友,他们后来怎么样了?你们还有联系吗?"

"没有,我跟他们失去了联系。等那些人终于放了我,我立刻去区文化中心的杂物间找我的中提琴。他们的乐器已经不在了,裕那把坏掉的小提琴也不在了。您知道,我有点害怕,不过还是大着胆子打开壁柜……您不在那里了,这是当然的……我松了口气,又有点担心……我问自己:'他在哪儿?他后来怎么样了?'"

林砚芬抬起眼,叹了口气,像是在暗暗抗议老天的决定。

"拉大提琴的成可能留在日本了,和他的日本太太生活在一起……至于康，第二小提琴手，我……再也没了他的消息。"

"过了一段时间，那些人还是把您给放了？"

"对。我在拘留所待了两天两夜，我被拘禁的时间长一些，可能是因为我坚持要扮演'妻子'的角色。"

"您受到了一次合法的……审讯"

"两次非常激烈的审讯……不过四十八小时后，他们还是把我放了。"

"您当时和我父亲在同一个……？"

"没有，我们被分开了……我见不到他。我出来以后，每天都去宪兵队，借着'妻子'的身份请求他们让我见您的父亲。可他们没有马上批准……他们借口说，您父亲是因为违反了《治安维持法》[①]被拘留的。"

"唉，那部臭名昭著的法律，人们打着它的旗号，拘禁、折磨、杀害了那么多的人……"

"是啊，就是这样……四五天后，我才见到他。显然，他挨了揍，被人殴打、虐待、折磨。他瘦了很多，疲惫不堪。他对我说……他就像个鬼魂，我到现在还记得。"

---

[①]《治安维持法》于1925年5月起施行，目的是防止日本国内的共产主义革命运动激化。由于政府强化施行力度，许多活动家和民主进步人士遭到镇压，后文提到的作家小林多喜二就是在接受调查时不堪刑讯逼供惨死狱中的。

砚芬激动得说不出话,停了几秒才继续说下去,声音哽咽:

"他告诉我,宪兵队搜查了他的家,找到很多危险书籍,指控他'被赤色分子的思想毒害,并用这种思想毒害他人'……谈话时间限定为二十分钟,一眨眼就过去了。他唯一担心的,当然就是您的安危。他想知道您怎么样了。他设想了一些可能……经历了最残酷的心理折磨……不幸的是,我却说不出任何有关您的消息。"

"不知道我的下落……这,这是他承受的……另一种酷刑。"

"正是!"

礼低下头。他双手撑着头,像在忍受剧烈的胃痛。沉默显得愈发深重。之后,他听到老太太用沙哑的嗓音低低地说:

"最后,您父亲还劝我赶紧回中国,他说,'这对您来说更好一些,至少更安全一些'。他当时面容十分憔悴,被悲伤和疼痛折磨得痛苦不堪……我忘不了,我永远忘不了……"

"这次会面之后,您还见过他吗?"

"没有,那是第一次也是最后一次……"

"从那以后,再也没有人见过他……"老人抬起头，低声自言自语。

"我后来又去了拘留所，但是没能再见到他，每一次都被拒绝。有一天，我碰到了排练那天请裕证明自己是真的乐手，以打消其他士兵怀疑的那个人。作为军人，他算是和蔼可亲的……他让我明白了，从今往后，我要断了再见'丈夫'的念想……他低着头对我说，'他去了很远的地方，再也不会回来了……'他说很抱歉突然告诉我这些。在那个时刻，我看到他的脸从下往上抽搐了一下。"

这时，礼才对她讲述了去年拜访山崎绿的事。少年礼长大后成为制琴师，与中尉的小提琴家外孙女相遇，这种几乎不可能发生的会面让砚芬震惊万分。第一波情绪散去后，她恢复平静，倾听礼回忆拜访山崎绿母女的那一天。最后，她长叹一口气，低声说：

"他应该也很煎熬。军队……不是他该待的地方。"

有人敲门。会说法语的那名护士带着两个穿白大褂的女士进了病房，对礼耳语说：

"我们要帮她擦洗身体，能请您出去一下吗？我们需要一刻钟。"

"好的。"

护士脸上露出浅浅的微笑。

走出病房前,礼对砚芬说,他要离开几分钟。

"您一定要回来,我们还没说完……"

"好的,当然,当然。"

## 5

"小提琴彻底碎了。那个恶狠狠的士兵穿着军靴在上面猛踩了两下。您还是把它修好了？"

"对，花了很长时间。不过我还是成功了。"

"您花了多长时间？"

"在克雷莫纳的最后一年，我在师父的监督下开始了这项冒险。那应该是……1970年，把它完全修好是1982年。所以，我总共花了十二年。我记得很清楚，因为从那年起，我和我的琴弓师女朋友一起生活了。"

"啊，您太太是琴弓师？！"

"对。我们没有结婚，但就跟结了婚一样。她是很久以前，我刚开始学习提琴制作时在米尔库认识的。米尔库是一座非常小的城市，不过从十八世纪开始因制琴业得名，就像意大利的克雷莫纳……我们决定等修好父亲的小提琴后就一起生活……那时我都五十五岁了。"

"那您的太太……呃，伴侣……或者女朋友……我不知道该怎么说……我不知道日语里对应的词……"

"她比我小五岁。她叫埃莱娜。这下,您什么都知道了!"

林砚芬笑了,这是礼来了以后,她第一次笑。

"知道有人陪您共度一生,我很高兴。生命不是一条坦途……最好有人并肩同行,而不是像我一样一个人走到底……"

砚芬突然陷入思考。礼问她:

"您呢,您是……"

"我……一直单身。"

两人都沉默无言。砚芬的思绪仿佛飘走了。礼在想是什么让老太太陷入无声的遐想。

"您能把羊毛开衫和书从袋子里拿出来吗?"

浅粉色的羊毛衫叠得十分平整,装在透明的塑料袋里,就像放在商店货架上的新品。书用牛皮纸包了书皮,看不到书名。

"这件浅粉色的羊毛开衫是您母亲的,她在您很小的时候去世了。"

"我想那时候我只有三岁。"

"有一天,我们在你们家排练。一开始我们在你们家排练,因为地方太小,我们后来就去了区文化中心……长话短说……我觉得冷，打了几个喷嚏……就在那个时候，您父亲好心，把您母亲的毛衣借给了我。排练结束后，走之前，我想把衣服还了。您父亲对我说：'您穿着吧，天很冷。您什么时候还我都行。您也知道我并不需要这件衣服……'最后，我把这件衣服留了下来，偶尔还穿过几次，甚至在他面前还穿过。很抱歉，我滥用了他的好意。"

"不，我不这么认为。您穿这件毛衣，他看着反而高兴，我认为是这样的。"

礼似乎发觉砚芬苍白的脸微微泛红。

"这本书呢？"礼拿起书问。

"我们被捕的时候，被直接送到拘留所。当时，裕的外套内兜里装着这本书。到了拘留所，他抓住士兵散开的空当，悄悄塞给我这本书。被关押的时候，我有时把书藏在裙子里，有时藏在内裤里，所以他们没发现……真是太惊险了！"

礼打开这本小书。书名页出现了，是《蟹工船》。这是小林多喜二的代表作，出版于1929年，描绘了日本和俄罗斯之间鄂霍次克海的捕蟹船上，劳工们奴隶般的生存状况。礼没有读过《蟹工船》，但他听说过小林多喜二，以无产阶级文学创作著称的作家，1933年，三十岁的他被警察刑讯逼供，拷打致死。

"我从来没读过这本小说……虽然小说很有名。"

"我读过，读了不知道多少遍……我在想，您父亲是不是也经历了小林多喜二的命运……"

砚芬深深叹了口气，陷入沉思。

# 6

"您父亲爱读书,不过他的书柜里……有些书真要命。"

"你们都经历了那个黑暗时期……所有的自由全被抹杀,思想自由、言论自由、意识自由……"

"您也很喜欢读书。我记得那天您在专心致志地读一本书。我们都无法让您的注意力离开那本书。"

"是啊,您还记得?"

"对,我至今记忆犹新。"

"那是吉野源三郎的书,书名是《你想活出怎样的人生》,1937年出版的……是我们经历那场悲剧的前一年……我父亲送给我的。书刚出版的时候,他就读了,深受感动。他跟我热烈地谈论过这本书,它陪伴我度过了整个青少年时代。我一直留着它,现在还经常重读。您读过那本书吗?"

"没有。当我知道裕再也不会回来了,我决定离开日本。从那以后,我就斩断了和那个国家的联系。"

"那是一本了不起的书。当时日本执迷于军国主义和极端民族主义,狂热地追随法西斯主义,吉野源三郎大胆地为日本青少年写了这本书。在书里,他倡导理性批判,捍卫崇高的道德、平等的友谊,反对人们在长者和统治者面前卑躬屈膝、盲目顺从。我想,父亲是希望把我培养成在任何情况下都能保持清醒的年轻人,不屈从集体疯狂,敢于反抗荒谬……"

1938年11月6日周日的下午,水泽礼在没有任何预警,也没有任何心理准备的情况下,突然间永远地失去了父亲。他从未停止对那个不在的人、失踪的人、缺席的人、死了的人的思念,主要而且最先借助的是那把破碎的小提琴,当然还借助了吉野源三郎的书。今天,得益于中国友人持久的耐心和矢志不渝的坚贞,在小提琴和书之外,又添上了浅粉色的羊毛开衫和《蟹工船》。礼把修复破碎的小提琴变成了一生的目标和主题。当他修好了尼古拉·弗朗索瓦·维尧姆制作的小提琴,翻译吉野源三郎的著作的想法自然而然地出现在他脑中,因为他觉得在《你想活出怎样的人生》的字里行间,可以听到父亲的声音和作者的声音交汇在一起。他十多年前开始翻译,每天起得很早,大约五点就起来了。晨曦下，四周还是静悄悄的。快速用完早餐（一片抹了黄油的面包加一杯咖啡）后，他坐到工作台前，旁边全是制琴工具、刨花和尚未完成的几件乐器。他尽力把吉野源三郎出色地捕捉到的日本初中生的思想觉醒和内心变化译成法语。他并不着急，慢慢推进，每天译十行左右，逐词逐句逐段地转换语言。到了十一点，他停下来休息一会儿，然后穿上制琴师的海军蓝围裙。

"我是为自己翻译这本书的，并没有打算出版……我觉得，在每一页的细节中停留，能更清楚地听到父亲的声音。"

# 7

太阳西沉。从病房的窗户向外看,可以看到两棵树,一棵樱桃树和一棵枫树。它们相隔二十多米,开始慢慢钻入夜幕。

"林女士,时间不早了。打扰了您一个下午,得跟您告辞了。"

"非常感谢您来看我。我真的很开心,能再见到您,听您讲您的人生还有制琴师的经历,把该还给您的东西交给您……对我来说,裕的失踪是一道难以愈合的伤口,不过,也是他让我活了下来。今天,我很高兴,因为我又见到了您。您再次出现在我眼前,真是一种安慰,一份意想不到的良药。谢谢,太感谢了。我对您感激不尽。"

"我们保持联系。我可以一直给您的甥孙写信,告诉您我的消息。"

"当然,您想象不到我会多开心。"

礼再次捧起砚芬冰冷颤抖的右手，用工匠粗壮有力的双手将它握住。她的手毫无气力。

"您的手，很温暖！"砚芬含混不清地说。

砚芬和礼对视了很久。然后，礼低下头，砚芬把头别过去，看着窗户，护士不久后就会把窗帘拉上。几秒后，他们又看了看对方，终于互道再见。打开房门前，礼又转头看了下砚芬，接着缓慢地把门合上。病人淡紫色的嘴唇抽动了一下，苍白的脸为访客露出最后一次微笑。礼微微抬起左手，回应砚芬，砚芬的右手有气无力地摆动着，像老挂钟沉重的钟摆。

礼穿过昏暗的走廊，向医院出口走去。他背着小包，里面装着母亲淡粉色的羊毛开衫，这件开衫被那位中国女士穿过并保存了半个多世纪，里面还装着小林多喜二的《蟹工船》，这本版本非常老的《蟹工船》曾属于父亲，后来父亲的中国友人，也是父亲"临时"的妻子，短暂的妻子，虚构的妻子，想象的妻子，梦想的妻子，保存着这本书，把它读了又读，看了又看。

# 8

回到巴黎，礼急忙写信给山崎绿，告诉她自己和林砚芬的意外会面。他想与绿分享1938年11月6日的悲剧中他以前不知道的部分，也就是父亲被捕后的境遇。

写信人：水泽礼/雅克·马亚尔
收件人：山崎绿
主题：和林砚芬女士的见面
日期：2004年5月17日

亲爱的绿：

希望您最近一切都好。

您在附件里可以找到一份Word格式的文件。那是我极其意外地与林砚芬女士，也就是1938年11月6日演奏四重奏《罗莎蒙德》的中提琴手会面后，给您写的信。

这封信，我写得很长，不过，您无须给我回信。我只是想用林砚芬女士讲述的关于我父亲的故事，补充我的故事和尼古拉·弗朗索瓦·维尧姆制作的小提琴的故事，让您知晓一个更完整的故事。

祝您一切顺利。

愿友情地久天长。

水泽礼/雅克·马亚尔

# 9

几个月的时间在宁静的工作室里悄然流逝,悠然响起的室内乐时常打破这种静谧的氛围。11月的一个雨天,礼正在调一把让·巴蒂斯特·维尧姆的小提琴。那是一位知名的美国小提琴家交给他的,据那位小提琴家说,这把琴以前的主人是捷克小提琴家约瑟夫·苏克①。悬挂在天花板上的两只音箱不着痕迹地播放舒伯特的《罗莎蒙德》的第二乐章。他把琴马调直,之前,琴马微微前倾,极其不易觉察。调整后,琴马处于音孔正中。接着,他小心翼翼地调整音柱的位置,把音柱移动了不超过半毫米。完成了所有这些步骤,琴弦的震动才能毫无阻碍地传导到琴马,从琴马传导到音柱,从音柱传导到低音梁,最后传导到整个乐器的共鸣箱。

他从提琴陈列区下方的旧家具的第一个抽屉里取出

---

① 约瑟夫·苏克(1929—2011),捷克小提琴家,其祖父老约瑟夫·苏克(1874—1935)也是捷克著名的作曲家和小提琴家。

一把琴弓，抽屉里整齐摆放着多把琴弓。

正在这时，新邮件的提示音轻轻响起。他在维尧姆琴上拉了《加沃特舞曲》的前几个小节，满意地把乐器放到工作室和小客厅之间的大桌上。

他走到工作台尽头的电脑前，打开邮箱。是山崎绿发来的邮件。

写信人：山崎绿
收件人：水泽礼/雅克·马亚尔
主题：巴黎的音乐会
日期：2004年11月19日

亲爱的水泽先生：

原谅我这么长时间音讯全无。距离我们2003年5月的见面已经过了一年半。时间过得真快！

去年，我在世界各地巡演，12月在东欧完成了最后一站的演出。今年年初，我病倒了，可能是因为几个月来积劳成疾。于是，我按医生的建议，休息了半年。9月，我开始慢慢找回以往的节奏。现在，我已经痊愈了。

我要谢谢您在和林砚芬女士见面后给我写信。从此，您找到了缺失的那块"拼图"，对1938年11月6日的悲剧有了全面的了解。我很高兴和您一起看到事情的全貌，而且我的外祖父也在其中稍微出现了一下。

今天给您写信是为了告诉您，我将于明年春天去巴黎，在普莱耶尔音乐厅①举行演奏会。我希望您能和您太太一起来看演出。我的经纪人会给您寄正式的邀请函。我非常高兴能借此机会再见到您。我母亲肯定也会去的。

真挚的友情。

山崎绿

礼立刻给绿回信，感谢她的来信和巴黎音乐会的邀请，并向她保证一定会带太太去。他已经开始想象在普莱耶尔音乐厅的情景。他怎能不带埃莱娜一起去？能把她介绍给这位年轻的小提琴家一定是很开心的事！音乐会结束后，如果绿的日程安排允许，他将非常高兴再次见到她和她母亲！

他打电话告诉埃莱娜，他刚刚收到山崎绿的邀请。电话另一头的埃莱娜兴奋地说：

"你的命运真是奇特！要是能办到的话，真应该邀请你父亲和黑神中尉一起参加这场音乐会！"

---

① 巴黎著名的音乐厅，以出生于奥地利的法国作曲家、小提琴家、钢琴家伊格纳茨·约瑟夫·普莱耶尔（1757—1831）的名字命名。

## 10

礼和埃莱娜都有点紧张,他们到普莱耶尔音乐厅的时间太早了。大厅里还没什么人。几个人影模糊地晃动着,就像在夏日高温引起的海市蜃楼里。一个人影向他们走来。

"雅克!你好啊……"

"哦,在这里见到你太意外了!最近还好吗?"

"很好,你呢?"

"很好,谢谢。我还说今晚可能会在这里遇到你……听说演出的是一位非常优秀的小提琴家……你听过她演奏吗?"

"听过。其实,只听过一点点,仅此而已……"

"听人说,她用你做的琴演奏……是真的吗?"

"谁跟你说的?不是,这只是传言!对不起,我得走了,我还要去跟那边的人打招呼。"

"哦,你请便。再见!下次见!"

礼生气了,他喘着粗气,打发掉这个咄咄逼人、令人厌烦的同行。他挽着埃莱娜的手臂,走到一根柱子后避一避。他很生气,心想,这人真是烦透了,整天说三道四!音乐厅里的人渐渐多了起来,穿黑色西服的,穿各色长裙的,还有几个穿休闲装的。埃莱娜听到身后一个男人在喊:"去取节目单!"

她去取节目单。就像正式邀请函里预告的那样,山崎绿要演奏阿尔班·贝尔格的协奏曲《纪念一位天使》。礼回想起在东京山崎绿家和她还有她母亲共度的那一天,想到中尉"黑色的神",也想到了自己的父亲。时光飞逝向前,永不回头,吞没了他在人生道路上遇到的一切。不过,中尉在生者中留下了自己的影子,水泽裕也一样。

观众从几个入口涌入大厅。礼和埃莱娜在大厅中央的座位上安顿下来,那是声学效果最佳的位置,距离舞台二十多米。

## 11

  这场音乐会的编排不同于通行的惯例，为了突出贝尔格的协奏曲，音乐会以贝多芬的《第七交响曲》开场。礼非常喜欢这部交响曲，特别是1943年富尔特文格勒①在柏林指挥的版本，这一历史性版本从头至尾都贯穿着野性的力量和生存的狂热，葬礼进行曲般沉稳的第二乐章亦如此。在他看来，贝多芬的音乐有一股强烈而坚定的欲望，彰显着生命。生命的奇妙迸发最终战胜死亡的焦虑，这与礼的心理状态并不矛盾，因为他即将在音乐会的第二部分进入黑神中尉的外孙女演绎的阿尔班·贝尔格的音乐。被"黑色的神"引入音乐殿堂的青年小提琴家将用双手让小提琴的四根琴弦与琴弓的弓毛

---

① 威尔海姆·富尔特文格勒（1886—1954），德国指挥家，1937年曾为柏林国立歌剧院音乐总指导、柏林爱乐乐团指挥和德国纳粹政府的音乐顾问，第二次世界大战后，被误认为是战犯，1947年被宣判无罪后才重新开始演出。1943年，他指挥柏林爱乐乐团演奏的贝多芬的《第四交响曲》和《第七交响曲》被录制成唱片，成为经典。

相遇，这种相遇会产生什么样的声音？

　　幕间休息时间很长，这反倒让礼更焦急了，心中涌起更多波澜。他返回自己的座位。

　　"你还好吗？"埃莱娜问他。

　　"还好。"礼虚弱地回答。埃莱娜只听到短促微弱的出气声，就像这个表示肯定的副词根本没有引起声带的丝毫震动。

　　山崎绿终于登台了。她左手抓着深色小提琴的琴颈和垂直指向上方的琴弓的弓根。掌声响彻大厅。所有人的目光都集中在她身上，她报以优雅灿烂的微笑，然后走向交响乐团的第一小提琴手，和他握手，接着转向观众，深深鞠了一躬。乐团指挥在绿向观众致意时退到了一旁，现在，重新走向指挥席，身子朝观众方向微微倾斜。当他在乐团面前站好，掌声戛然而止。似乎为了强调自己想与交响乐团融为一体的意愿，绿没有选独奏音乐家或歌唱家常穿的亮色长裙，而是身着深黑上衣和长裤。她用红丝带把中等长的头发束到颈后。礼听见自己的心剧烈地跳动，仿佛随时要在胸口炸裂。埃莱娜发现老伴呼吸异常急促，便握着他的手，再次低声询问：

　　"你还好吗？"礼没有回答，只是紧紧攥着埃莱娜的手。

　　指挥举起双臂，看了看最后一排稍稍偏左的竖琴手和正前方的几位单簧管乐手。紧绷的静音持续了数秒,指挥的双臂缓缓降下,小提琴家把琴弓搭在琴弦上,准备以极轻的演奏方式从第二小节进入《纪念一位天使》协奏曲的开篇。最初的几个音符就像作品开始前的静音时刻,仿佛演奏家在为乐器调音。绿的左手手指还没有触到琴弦,空弦拉了几段琶音①,两位单簧管乐手和竖琴手用琶音与她呼应。这时,人们听到的是小提琴自然的声音。礼心中一颤。

不久,音乐启程,驶向不和谐的音色组成的巨大海洋,琶音和简短乐句偶尔以不易觉察的方式穿插其中,如同晨曦轻抚的林间空地,很适合听惯了石破天惊的十二音音乐②之前的音乐的人。礼和埃莱娜了解《纪念一位天使》,知道作曲家因为一位少女突然离世而受到刺激,因此创作了这部作品。少女名叫曼依·格罗皮乌斯,是阿尔玛·马勒③和建筑大师沃尔特·格罗皮乌斯的

---

① 琶音,指一串和弦音从低到高或从高到低依次连续奏出,可视为分解和弦的一种。
② 十二音音乐,由勋伯格于二十世纪二十年代初创建,从根本上否定了音乐内部的调式、调性功能关系。贝尔格以"自由无调性"与"古典形式"相结合的方式,进一步发挥了勋伯格的表现主义音乐,代表作是《沃采克》《纪念一位天使》。
③ 阿尔玛·马勒(1879—1964),出生于奥地利维也纳的富裕家庭,她的第一任丈夫古斯塔夫·马勒(1860—1911)是奥地利杰出的作曲家及指挥家,也是作曲家贝尔格的好友。

女儿，十八岁时因脊髓灰质炎发作去世。听绿精彩演绎第一乐章，礼感觉自己见证了逝者纯净无瑕的童年，甚至觉得透过表现调性和无调性①的基本矛盾的清亮音色，能看到那个孩子生命的亮点，她快乐地散步，开心地玩耍，放声大笑，声嘶力竭地歌唱。

第二乐章的开头是一段快板，激烈程度十分罕见，根据节目单上的文字介绍，这是为了表现突发的病症和死亡的迫近。山崎绿的小提琴被病痛折磨到扭曲，脱离了交响乐团丰厚的声学表现。这时，大提琴似乎预示着疾病发作的无声威胁，铜管乐在提示疾病的凶险，打击乐器表明女孩已经病入膏肓。绿的左手近乎杂技表演般地拨奏，像是在模拟阵痛。突然，平缓的音乐出现了，那是巴赫著名的众赞歌《啊，永恒，雷鸣般的话语》里的选段。引出这段乐曲的是小提琴，单簧管随后加入。此后，音乐缓缓滑入平和之地，进入沉稳的结尾，小提琴一个音符接一个音符不停爬升，渐渐消失无声……

---

① 古典音乐基本上是调性音乐，而无调性音乐一般指勋伯格之后的现代音乐。

## 12

音乐厅安静了很久……没有人敢去打破。

有一位观众达到了耐心和情绪的顶点,怯生生地拍起手来。

其他人也跟着鼓掌。

然后是潮水般的掌声,经久不息。

# 13

欢呼声喝彩声此起彼伏。当山崎绿向竖琴手致意并把刚刚收到的鲜花送给他时,欢呼喝彩声更响了。山崎绿数次鞠躬感谢不停为她鼓掌的观众,然后第四次消失到后台里。指挥也跟着她进了后台。

礼和埃莱娜终于放松了,感到筋疲力尽。观众还在热烈欢呼,高声叫好。

音乐家终于又回到舞台,这次只有她自己,手持无线麦克风。她开始说话,声音很清晰。大厅突然安静下来,所有噪声即刻消失,就像雨水被干涸的大地快速吸干。

"非常感谢今晚大家的到来。在演出的时候,音乐家通常是不说话的。他们要说,就通过他们演奏的音乐。不过今晚很特别。我想和你们说说我的小提琴,今晚我演奏阿尔班·贝尔格的协奏曲《纪念一位天使》时用的这把美妙的小提琴。"

"你知道是你的琴吗?"埃莱娜问。

"知道,她拿着琴上台的时候,我还不确定……虽然琴的颜色很特别。不过听了几个音符后,我就知道那是我的维尧姆琴,还有你的琴弓。"

"这把小提琴是一位法国制琴师,雅克·马亚尔先生借给我的。他也是日本人,他的日本名是水泽礼。"

绿说得很慢,她的口音听起来更像是美国人而不是日本人。

"这是尼古拉·弗朗索瓦·维尧姆于1857年制作的琴,他是伟大的让·巴蒂斯特·维尧姆的弟弟。这把琴曾属于马亚尔先生的父亲水泽裕先生。1938年的一天,这把琴被难以想象的暴力毁坏了……"

山崎绿开始讲述水泽裕的小提琴的故事。

"对不起,我不太习惯说法语。请原谅我接下来要念一篇为今晚特别准备的稿子。"

绿从上衣的内兜掏出一张白纸,把它展开。音乐厅里宁静庄严的气氛堪比京都某个著名的禅寺。

# 14

山崎绿继续念稿子,目光偶尔从纸上移开。

"这个男孩在壁柜里害怕得发抖,从我的外祖父手中接过他父亲那把被毁坏的小提琴。他后来成了制琴师,用毕生精力来修复这把琴。今晚,我十分荣幸能用这把琴和他夫人埃莱娜·贝克尔制作的琴弓演奏。我觉得这把琴非常优秀,完全可以与斯特拉迪瓦里的琴或者瓜奈里的琴媲美……总之,这把维尧姆和马亚尔共同制作的琴打动了我。我认为,尼古拉·弗朗索瓦·维尧姆制作的小提琴被雅克·马亚尔复活了,改良了,丰富了,升华了。"

山崎绿没再看自己的讲稿。

"今晚,他也在现场,在我们中间,和埃莱娜一起。我从这里可以看到他们。我非常想把他们介绍给大家……马亚尔先生和他的夫人!"

突然而至、完全出乎意料的呼叫让雅克和埃莱娜既惊讶又窘迫,他们站起来,笨拙地暴露在普莱耶尔音乐厅的观众的面前,全场观众为他们送上长时间的欢呼喝彩,直到山崎绿小心翼翼地向观众示意安静下来。

"今晚的演出还没有结束,因为我要加演两首曲子。"

现场响起暴风骤雨般的掌声和喝彩声。山崎绿等大厅恢复安静后,告诉观众,她想让大家先听那天小男孩雅克在士兵们到来前听到的曲子,然后听他躲在壁柜里,在孤寂和恐惧的黑暗中聚精会神听到的那首曲子。她还说明,第一首加演的曲目,是舒伯特的弦乐四重奏《罗莎蒙德》第一乐章。

"马亚尔先生的父亲水泽裕先生,当时在和三位中国友人排练舒伯特的这部名作。我的外祖父没有看到他们的排练,这一点,你们在我刚才的讲述中已经有所了解。他是从水泽裕先生口中得知这群音乐爱好者排练的正是这部作品。我一直记得外祖父总是反复听这部四重奏作品,简直入了迷……现在我知道他为什么会这样了。"

在舞台前部,四把椅子摆成半圆形。山崎绿和交响乐团的三位乐手商量四重奏的表演。她担任第一小提琴手,坐在水泽裕的位置上,扮演他的角色。小提琴手哈勒卜·谢赫、中提琴手若埃尔·克里斯托夫和大提琴手张坚加入了她的四重奏组合。

"下面请欣赏舒伯特的四重奏《罗莎蒙德》的第一乐章。"

乐团的三位乐手站在各自的座位前,山崎绿把话筒放到讲台上,走向自己的座位。他们一起向观众致意,这位日本小提琴家的特别提议让观众十分兴奋,他们向四重奏组合报以更加热烈的掌声。

四位音乐家就座,为乐器调音。山崎绿的小提琴,也就是维尧姆-马亚尔的琴和其他人的乐器明显不同,泛着深色的光,其他几位音乐家的乐器颜色浅一些,折射出橘黄色的光。两千多名观众屏住呼吸,衣物摩擦的细响或座椅发出的微弱的吱呀声都会让人觉得不舒服。邻座的呼吸声几乎都可以听到。每个人都在等着舒伯特的第一串音符的诞生。今晚,这些音符来自远方,非常遥远的地方,来自另一个世界,甚至是往生的世界,来自无限遥远的时空,来自一个人被谋杀掉的童年,来自一段被撕裂、被毁坏、支离破碎的陈年往事。

乐曲的前两个小节如同死水上泛起幽暗的微波。随后,山崎绿的小提琴以极轻的演奏方式加入舒伯特广博深厚的怀旧世界,此时,她的琴聚拢了至少三颗心,水泽裕的心,黑神中尉的心还有水泽礼的心,让他们的灵魂环绕在小提琴的"灵魂"即音柱的周围。

# 第四章　中速的快板

1938年东京那间安放了让少年藏身的壁柜的会议室，鬼魂般浮现在巨大、阴暗的普莱耶尔音乐厅里。

礼陷入黑暗之中，后背在颤抖。

# 15

山崎绿感谢三位乐手友好地回应了她的邀请并与她合作,她一边和他们握手,一边点头致意。过了一会儿,她拾起讲台上的话筒,微微向观众示意,以平息不断爆发的喝彩。

"谢谢。现在我要演奏第二首曲子。巴赫的《无伴奏小提琴第三组曲》中的《加沃特舞曲》。为什么是《加沃特舞曲》?因为那天,马亚尔先生的父亲在我的外祖父面前演奏的就是这首曲子,当时我的外祖父请他随便演奏一段音乐……"

礼摘下眼镜,左手手指按揉闭着的双眼。埃莱娜不动声色,把右手放在老伴的膝盖上。

"我把这个音乐时刻献给水泽裕和黑神健吾的灵魂。"

掌声响起,很快又平静下去。大厅里寂静无声。

山崎绿的双臂垂在身体两侧,左手握着小提琴的琴颈,右手拿着琴弓的弓根。她闭上眼,凝神静气了一分多钟。对这位小提琴家来说,这就像她每年8月6日8点15分必做的一分钟默哀,为广岛的死难者,为外祖父死去的家人,为在恐怖的战争,即1945年3月10日的东京大轰炸和原子弹爆炸的地狱中"幸运地"活了下来的外祖父。她重新睁开眼,把深色的小提琴放到左肩和下巴间,缓缓抬起右臂,把琴弓搭在琴弦上。

乐曲的开头是欢快跳跃的主题,就像久居城中的少年在阳光明媚的清晨到乡间散步的背景音乐,一种幸福感推着他向前走,好奇心驱使他去发现四周的美景。过了一会儿,音乐的色彩和气氛变了,像在表达少年看到晴空在几分钟内变成乌云密布时的担忧。不过,这只是短暂的转阴。不久,乐曲开头的欢快主题又出现了。我们听了几次这个欢乐灵动的主题?在这个反复出现的主题里,在不停地"编织"相同主题的这个念头里,我们感受到作曲家对这段欢快俏皮的旋律的热爱。人们对儿时学会的小曲也会产生这种无条件的爱,它就像源源不断的泉水,在人们心间不停涌动,无论在童年还是在暮年,随时都有可能喷涌而出……

结尾的时候,最初的音乐主题第五次出现,而且节奏明显放缓,以强调乐曲终了。礼感到一种奇特的穿越,仿佛自己被送到儿时冰封的时空中,最终又在他和埃莱娜以及周围的人真实生活的这个世界着陆。演奏最后几个音符时，山崎绿缓缓抬升右臂。

四周爆发出热烈的掌声和喝彩声。礼抬头看着绿，她正在深深鞠躬。他思绪动荡，内心汹涌澎湃，然而发不出任何声音，也做不了任何动作，只能转向用力鼓掌的埃莱娜。埃莱娜停了下来，从手袋里掏出纸巾。

整个音乐厅长时间群情激昂，这种情况十分罕见。山崎绿多次从后台折返舞台。交响乐团的乐手们开始散去。当她最后一次回到舞台向观众致意时，台上只剩三四个人。这时，礼注意到舞台深处，人们正在搬运的竖琴旁有一个五十来岁的男人，穿着朴素的灰色外套，坐在地上，在山崎绿的座椅后方，看着正前方，目光略微向上，看着楼厅，然后站起来，朝舞台左侧走去。他不时转头看向大厅，步履蹒跚，就像老人或推着输液架的病人。礼站起来，俯身向前，把眼镜重新架到鼻梁上，咽了咽口水，小声说：

"欧多桑！"

# 16

坐在雅克身旁的埃莱娜听到他小声说了一个她很陌生的词。

"你说什么?"

"没,没什么,"雅克一边回答,一边转头看她,"呃,他不在了,他不见了。"

"谁不见了?"

"我父亲,他刚才在那里,欧多桑……"

# 尾 声

# 1

次日,礼和埃莱娜去见山崎绿和她母亲。他们约定17点30分在酒店大堂碰面。礼和埃莱娜在沙发上落座,等绿和绫子跟他们会合。约定的时间过了几分钟,两位日本女士到了。礼向她们介绍埃莱娜。埃莱娜感谢绿带来的精彩音乐会,还特别感谢她极其用心地向雅克和自己的工作成果致敬。他们一起在大堂中央的餐吧喝餐前酒,大家都选了香槟,一来庆祝音乐会的成功,二来纪念这场对礼和绿的人生都具有特殊意义的活动。

"祝大家身体健康!"埃莱娜说。

"祝大家身体健康!"绫子腼腆地用法语重复这句祝酒词。

"向黑神中尉和我父亲的灵魂致意!"

轮到山崎绿了,她说:"向维尧姆-马亚尔或者维尧姆-水泽复活的音柱致意,它让过去就心意相通的两个人在这个夜晚重聚,并且让我们共聚于此。"

四人碰杯，礼和绿又单独碰了一次杯，才喝下第一口香槟。他们主要用法语对话，不过礼也说一些日语，以免绫子什么都听不懂，被晾到一边。

"真心谢谢您办了这场音乐会。就像您能预料到的那样，我太感动了……您什么时候决定用我父亲的小提琴演奏的？"

"刚决定办这场音乐会的时候，也就是一年半以前。我真的很喜欢您的琴，这您是知道的。自从您把琴托付给我，我就有点放下了我的斯特拉迪瓦里琴。我现在几乎只用您的琴演奏。"

"我很荣幸。我觉得，您的外祖父和我的父亲，他们俩当时都到了现场……借助两首加演的曲目……当然，还有您选择的贝尔格的协奏曲，因为您的外祖父希望您……有朝一日演奏这部作品。"

"是啊，他跟我说过很多次。我想他在这首曲子里不仅听到了曼侬·格罗皮乌斯的病痛，还听到了组成那个时代的各种苦痛和挣扎。对我来说，演奏《纪念一位天使》是一种纪念，纪念您父亲和我外祖父的时代……所有那些极其沉痛的岁月。"

"您用小提琴演奏出的音乐……能唤醒逝者。"埃莱娜听着礼和绿时而用法语时而用日语的对话，补了一句。

"能唤醒逝者?"绿重复了最后几个字。

她转向母亲,为她翻译自己刚听到的话。

"是的,您的音乐画面感那么强,以至于产生了召唤死亡国度的亡灵的力量……"埃莱娜看着老伴,解释了一下。

"其实,昨天晚上,我好像看到我父亲了……我真的看见他了。"

礼强调了一下"真的"这个词,然后为绫子翻译自己刚才对她女儿说的话。

"乐手们离场后,他就在那儿,坐在地上,第一小提琴手的椅子后面。"

春天的夜色缓缓降下。除了绫子,其他人都喝完了香槟。礼提议一起去吃饭。

"我定好了座,离这里不远。我们可以走过去。"

大家纷纷起身。

礼把右手搭在绿的肩膀上。

"您留着这把琴吧!永远留着。它需要您。"

"还有埃莱娜制作的琴弓?"

"当然,当然可以。"埃莱娜答道。

埃莱娜挽着老伴的左臂,仿佛克制着自己,没在公众场合吻他,她说:

"这把小提琴是他的父亲,也是他的孩子。今天是他的孩子结婚的日子……他要把孩子托付给您,然后和孩子彻底分开。我想这对他……对我们来说,都是一件喜事。雅克-礼终于进入了人生的另一个阶段。"

礼把脸转向埃莱娜,温柔地吻了一下她的额头。

## 2

山崎绿的音乐会被不少媒体报道。对阿尔班·贝尔格的协奏曲的精妙演奏、两首加演曲目还有为加演曲目做的特别介绍，让更多人注意到这位才华横溢的小提琴家，她的受众跨出了音乐爱好者的小圈子。对音乐会的报道还把一束强光打在了日裔法籍制琴师雅克·马亚尔或水泽礼身上。

因此，多位记者跟他联系，其中就有著名月刊《曲与词》的记者马塞尔·戈丹，他提出做一篇专访。雅克同意与记者会面。他们在雅克的工作室连续聊了三天，每次谈话大约持续两小时。记者用数码录音机全程录音，同时还做了笔记。雅克在回答提问时，详细讲述了水泽裕的小提琴的故事。最后，谈话转向山崎绿的巴黎音乐会结束时出现在空舞台上的那个神秘人物。

"所以，您看到了您的父亲？"

"对，他看上去很疲惫，不过还是六十七年前的老样子……穿着那天的衣服。山崎绿的音乐触动了死者,把他带到我面前。是的,魂兮归来,我父亲成了归来的亡魂,我斗胆这么说……您知道,有这样的事。"

"……"

"……"

"谢谢您给我这么多的时间,访谈特别精彩。我尽力把专访重点放在小提琴的复活上。"

雅克感觉到马塞尔·戈丹特别强调了"复活"这个词。

"您觉得怎么好就怎么写吧……我完全相信您。"

"谢谢。等我写好了,我会把稿子发给您。您告诉我您的想法,我会结合您的意见和建议定稿的。"

"行,太好了。"

两周后,雅克收到了五页的长稿,标题是《心碎小提琴——日裔法籍制琴师的超凡经历》。粗体字标题下方是受访者系着工匠围裙的照片和工作室的照片,两张照片都是记者拍的。第二页中央是尼古拉·弗朗索瓦·维尧姆的小提琴的照片,照片跨了三栏文字。这张照片是雅克1982年11月11日在琴完全修好后拍摄的,距离它遭受摧毁性灾难过去了四十四年。

雅克修改了几处事实错误，还有两三处措辞，他觉得这些措辞和长期伴随自己的胆怯慎重不相符。他静待了一晚，然后把稿子读了三遍。读第三遍时，又发现了几处让他不太舒服的细节，于是又读了一遍，才把稿子发回给马塞尔·戈丹，同时向他表示感谢，谢谢他把他们的长谈编辑整理成人物专访。

三周过去了，礼完全没再去想那篇文章。其实，他并没有注意到时间流逝，因为在这三周里，他把所有的精力，不是作为制琴师的精力，而是作为译者的精力，用于完成几年前开始的一项工作，翻译吉野源三郎的《你想活出怎样的人生》。

## 3

　　除了把他从战争的地狱和战争遗孤的身份中拯救出来的马亚尔夫妇，水泽礼还有三个父亲般（或者家长般）的存在，指引他的人生。

　　首先是尼古拉·弗朗索瓦·维尧姆的小提琴，它成了贯穿他的人生和制琴师生涯的支柱。

　　其次是吉野源三郎的书，这本书一直代表故去的父亲和他对话，所以他努力通过翻译这本书来"复活"父亲的声音。

　　第三个父亲般的存在是什么呢？1938年11月的某天，他在日本的生活突然被粗暴地中断，破碎的小提琴和吉野源三郎的书成了那段生活仅存的纪念。之后，在法国生活的每一天，这两件物品总会出现在他眼前，陪伴着他，常驻在他心里。多年以后，他也老了，粉色的羊毛开衫和小林多喜二的小说加入了他的个人收藏，成为被谋杀的过去的新证物。不过，最后这两件物品并没有陪他走过人格重建的漫长岁月，远远没有。

与父亲的小提琴还有吉野源三郎的书不同，这件东西，礼很想留着它，却没能如愿。其实，它不是一件物品，而是一条生命，一个活生生的存在，它就是那个周日傍晚，礼孤零零往家里走的时候，在路上神秘出现的柴犬。他的养父母菲利普和伊莎贝尔只允许在他们离开日本首都前的这段时间留着它。礼跟随法国养父母彻底离开日本的那天，他不得不和这只被他叫做"莫莫"的狗分离。这只狗被托付给马亚尔夫妇的邻居。那是一次撕心裂肺的分离。在孤独无依中苦苦挣扎时，礼对自己说，在一个古老的神话故事里，仙鹤化身美女报答救过自己的男子。父亲和故事里的仙鹤正好相反，他不能再以父亲的形象出现在自己眼前，于是化身成小狗莫莫。然而，礼必须和莫莫分离，和"父亲"第二次分离。这让他心碎不已。菲利普和伊莎贝尔知道这道伤口很深很痛，可能长时间难以愈合，暴露在外面，淌着血。怎样医治这道难以愈合的伤口？怎样让伤痛不那么剧烈？他们把伊莎贝尔姐姐家的狗生的小狗送给水泽裕的孩子，现在也是他们自己的孩子。那只狗也叫莫莫，陪伴礼度过了整个青少年时期。小伙子去米尔库学习提琴制作的时候，那只狗已经老了，活不了几天了。直到很久以后，修好了父亲的小提琴，礼才考虑再养一只狗。他得到了一个养柴犬的机会，很想和它做伴。除了莫莫，别的名字都不在考虑范围内。实际上，对他来说，世界上所有的狗，无论公母，都叫莫莫，就像世界上所有的小提琴，对他来说都是尼古拉·弗朗索瓦·维尧姆的琴的亲兄弟或者表兄弟。

在雅克·马亚尔修改《曲与词》的文章，努力翻译吉野源三郎的作品的这段时间里，陪伴他的已经是第四只莫莫了。

# 4

专访《心碎小提琴——日裔法籍制琴师的超凡经历》终于发表了。礼一口气读完,很自然地想把马塞尔·戈丹整理的访谈译成日语,发给上海的林砚芬。他花了整整一个星期来做这件事。完成后,他立刻把日语版发给砚芬的甥孙,还附上一封信,叙述了山崎绿在巴黎的音乐会。这时,距离他去上海的医院探望砚芬已经过了十多个月。接到山崎绿预告自己将在巴黎开音乐会的邮件后,他曾立刻写信给砚芬,同她分享即将听到黑神中尉的外孙女演奏而感到的喜悦。砚芬的回信相当简洁:"您有机会与您的'黑色的神'重逢,我为您高兴……"

三天后,礼收到砚芬甥孙的回信,告诉他信已收到。回信简洁得不能再简洁。

然后,毫无音讯。

这样的沉寂持续了大约两周。

就在《曲与词》的报道几乎要从礼的短时记忆里消

失的某天,他在家里收到了一封来自中国的信。

信是砚芬写的,先用电脑里的Word写好,再打印在两张粉色A4纸上。

亲爱的礼:

您想象不出,读《心碎小提琴——日裔法籍制琴师的超凡经历》时我有多高兴。感谢您为我翻译这篇报道。

您来医院探望我,让我高兴得不得了。我完成了离开人世前必须做的事——把粉色的羊毛开衫和小林多喜二的书还给您。如果没能归还,我将遗憾不已。我敢说,我的灵魂将被永远钉在这世上的某块粗石岩壁上,就像被树枝困住的风筝。

读了《曲与词》上的报道,让我又想起您在我的病房里对我说的每句话,那一天令我难以忘怀。您让我有幸看着您一步步成为制琴师,而裕的小提琴一直是您职业生涯的焦点。1938年11月6日,那一天,您在悲惨的境况下失去了父亲。不过,有他的琴相伴,您就像和他一直生活在一起。而您能得到这把琴,多亏了中尉"黑色的神"。

您对山崎绿的巴黎音乐会的记录给了我想象的可能,想象自己观看了这场历史性演出。音乐的魔力让悲剧中的三个主要人物聚在了一起！礼，我要感谢您，谢谢您这么贴心，让我了解了那晚的细节。我相信您对裕的那部分记录，他受到自己的小提琴的琴声召唤，还魂归来，在听完代表自己的两首加演曲目后转身离开。他的灵魂停在了某处，也许是一个房顶，一根树枝，或者是一级石阶上，他一定是回来找它了……中尉"黑色的神"也是，受到巴赫的《加沃特舞曲》和阿尔班·贝尔格的《纪念一位天使》的召唤，他很可能也在那里……我很乐意去想象，裕和"黑色的神"在死寂多年后借此机会重逢。贝尔格于1935年创作了这部悲怆的作品，比那场降临在我们身上的灾祸早三年。我们当时并不知道这部作品。作品中压抑的痛苦还有结尾处一点一点释放出来的无声祷告，可能就是我们那个时代留下的印记。我在想，"黑色的神"心里是不是也有同样的想法。

医学昌明，我的寿命被意外地延长了。我的主治医生是第一个感到惊讶的人。不过，医学也是有极限的，这一次，我真的觉得自己快走到人生的尽头了。给您写这封信，还是靠我孝顺的甥孙帮忙，这应该是我这一生写的最后一封信。我最亲爱的礼，我要离开您了。这一生，我本不想活成这个样子，现在也已走到尽头。这是一种解脱，也夹杂着无限遗憾。对亲历者来说，走向死亡是一种痛苦的体验。不过，我在承受这种痛苦时也得到了安慰，一份来得太迟却很真切的安慰，那就是您奇迹般地再次出现在我面前。我虽然长寿，却过得毫无生气。裕离开得那么突然，那么残酷，那么暴烈，他的离去摧毁了我的人生。我觉得自己和他心意相连，虽然他看起来并没有感觉到。所以，我很庆幸自己去打听您的下落，后来又下定决心给您写信。您的出现照亮了我人生的终点，您复活了裕的小提琴，记录了琴的复活，让裕再次出现在我的生命里，而以前我只记得这把琴的伤心往事和关于它的悲伤画面。

您在信封里可以找到我珍藏已久的两张小照。第一张是中日四重奏组合的照片，拍摄的那天是我们第一次排练《罗莎蒙德》，也是四重奏组合正式成立的日子。您父亲是第一小提琴手，也是我们四个人当中最年长的，他站在最左边。您可以看到他拿着他的尼古拉·弗朗索瓦·维尧姆琴；第二张照片是我和您父亲的合影，这张照片是大提琴手成给我们拍的。那天，裕把粉色的羊毛开衫借给我，我穿的就是这件衣服，您看出来了吗？

我原本可以在您来医院的时候把照片给您，但我没能做到。我生性腼腆，实在做不到。不过现在我知道，这是我最后的也是唯一的机会，我可以毫无顾虑地送出去。

这两张小照本可以跟着我进棺材，一起烧成灰烬，不过我想，它们应该可以在您的人生档案里找到合适的位置。

亲爱的礼，我要走了，带着背负已久的无限感伤，就像舒伯特的《罗莎蒙德》表达的情绪。

永别了，还是要谢谢您。

再见。然后再一次感谢您。

林砚芬<br>2005年5月17日于上海医院

最后一行字和林砚芬的名字是信的作者用蓝墨水笔手写的，她的行书字迹清秀，虽然手有些颤抖。

收到信后，过了整整一周，礼在清晨时分收到砚芬的甥孙发来的电子邮件，告知她的死讯。在几个小时前的夜里，她一个人走了，没有人觉察。

那天，雅克·马亚尔得知一家大出版社的编委会决定出版他翻译的《你想活出怎样的人生》。

# 5

早上十点,礼手里拿着编辑的信,坐在小客厅的椅子上喝咖啡,准备休息片刻。突然,他站了起来,往客厅走去。

他脱掉蓝色围裙,随手扔到沙发上,然后打开壁柜的门,里面存放着很久以前和近期离世的至亲的照片和遗物,那些难以忘怀、永驻心间的人:父亲、母亲,米尔库和克雷莫纳的几位制琴大师,菲利普·马亚尔和伊莎贝尔·马亚尔,莫莫1号、莫莫2号、莫莫3号,中尉"黑色的神"、林砚芬……那是一座祭坛,真正的祭坛,却不会引起任何崇拜。雅克·马亚尔或者水泽礼是不信任何宗教的,他不相信来生。到了最后的最后,一切都结束的时候,文明、人类、星球乃至太阳系都结束的时候,还能剩下什么?一切都会被吞噬,被遗忘,消失无踪。到头来,人生不就是一座巨型坟场?为什么还要增设别的坟场?为什么还要犯下滔天大罪,制造其他坟场?那些在残酷战争中制造的坟场，那些由战壕、集中营变成的坟场，那些用枪林弹雨把人炸成碎片的坟场，那些用大规模的杀伤性武器甚至用原子弹制造的坟场。火光和高温顷刻吞噬整座城市，先是爆燃，形成刺眼的光，如同魔王显身，然后在空中升起一朵奇丑无比、妖魔般的蘑菇云。为什么要有这么多暴行？为什么要有这么多残酷的杀戮？正是这些令人难以置信的暴力和让人无法原谅的残杀，将人们的活路突然斩断，催生数不清的鬼魂。对水泽礼来说，建一座祭坛绝对必要，这座祭坛最主要、最首要的纪念对象是他惨遭杀害的父亲，然后是曾经或近或远陪伴过他的逝者。通过常年的学习、摸索、怀疑、探究，研究大师们的杰作并对它们倾注时间和激情，尤其是在父亲的小提琴，在一把并不起眼也不值得修复、保养的小提琴的陪伴下走完大半辈子之后，礼的艺术能通过他制作的弦乐器奏响灵魂的声音，传递内心的生活，让人们听见最阴沉的哀伤和最深层的喜悦，当然这还需要过去和现在的作曲家的贡献以及演奏家精彩的演绎。这种完全服务于人类情感的艺术，从此只是为了平复梦魇般的痛苦，平复世间和生活中对人们触动最大的突然打击所造成的苦痛。

壁柜搁架深处是叠得整整齐齐的装在透明塑料袋里的

粉色羊毛开衫，还有版本很老的《蟹工船》，书靠着背板立着，书页泛黄，书角磨圆，沉重的岁月严重损耗了它。黑神健吾的纸牌位支撑着两张泛黄的照片，那是一周前砚芬寄给他的。在两张照片旁边，礼放了一张砚芬的近照，那是他去上海的医院探望她时拍摄的，照片里的老太太靠在背部升起成直角的病床上，努力保持微笑。最后，在搁架靠前面的地方，还有一个小支架，上面放着维尧姆-水泽-马亚尔的小提琴的彩色近照。

我双手合十,站得笔直,如同古柏,面向由逝者组成的特殊群体。我利落地折起出版社的来信,夹到小林多喜二的《蟹工船》里。埃莱娜悄悄来到我身边,准确地说,在我身后靠右一点。她看到我的嘴唇在动吗?我小声说了几个含混不清的词,她肯定没听见。漫长的一分钟默哀后,我合上柜门。

我慢慢系上我的海军蓝围裙,搂着埃莱娜的腰,消失在幽暗的工作室里。

# 致　谢

出乎所有人的预料，我是在写《死不瞑目》时产生了创作《心碎小提琴》的想法。《死不瞑目》这个短篇被收入到让-马利·拉克拉维廷主编的《停战》文集里（伽利玛出版社，2018年）。《心碎小提琴》很快成了形，我是第一个感到惊讶的人。随着年岁增长，我感到，无论是在我现在居住的东京，还是在我完成《死不瞑目》的广岛，我们身边都有一些鬼魂或者活死人，他们困在两种死亡之间。因此，我自然要先谢谢让-马利，如果他没有大胆向我约稿，让我参与《停战》文集的创作，如果我没有轻率地抱着一种无所畏惧还满不在乎的态度立即答应，这部小说就不会诞生。

# 译后记

　　法语作家大多来自法国、比利时、加拿大和非洲的法语国家，本书作者水林章却是一个地地道道的日本人。水林章1951年生于日本山形县，先后在东京外国语大学、蒙彼利埃第三大学和巴黎高等师范学院学习深造。他的职业是法语教师，1983年到2017年，他在东京的多所大学执教，退休前任教于上智大学。水林章很晚才开始用法语创作，2011年发表了第一部法语小说《来自他乡的语言》，并获得法语作家协会颁发的亚洲文学奖和法兰西学术院颁发的法语和法语文学影响力奖。之后又发表了《旋律》《流浪小赞》《千年之爱》《深水中》。然后，就是这本小说。这也是水林章第一部被译介到中国的作品。

　　这是一个关于音乐，关于回忆，关于战争的故事。虽然人物的情感互动处处体现了东方人的含蓄和克制，但这并不妨碍法语读者的理解。在亚马逊网站上，该书评分高达4.7分，法国书评网站Babelio上的评分为4.2分，总分都是5分。法国文学评论界也纷纷献上赞美之词。《新观察家》杂志的书评说："这位作家把法国小说的自然主义和日本神话的奇幻色彩融合在一起，让有头脑、有心灵、有奇妙身体的小提琴变成小说的主人公。六十五年后，被残害到接近死亡的小提琴焕然一新，在杰出的日本小提琴家的肩上再次焕发生机，重新振动起来，在全世界旅行，颂扬舒伯特的忧郁音乐。哪怕流泪，也要微笑。"《十字架报》的书评指出，作家运用了普鲁斯特式的写作手法，用一碗生鸡蛋拌饭唤起回忆。"很少有人在阅读虚构作品时会哭，承认哭过的人更少，水林章毫不掩饰地把我们推到这样的境地，因为一切都很自然，当然这也得益于他细腻的文笔、敏锐的才思和高雅的灵魂。"2020年6月，小说还获得了法国书商奖。书商奖创立于1955年，虽然无法与龚古尔奖这样的文学大奖相提并论，但也算是颇有分量的奖项。书商奖由全法1600多位独立书商担任评委，从每年9月和1月这两个文学季涌现的百余部作品中选出一部获奖作品。

当然，奖项、别人的书评并不能代替每位读者自己的判断。作为较早读到这本书的中国读者,我是因为喜欢这个故事,欣赏主人公和作者的正义感才决定翻译这本书的。翻译到"非国民"的段落时,我在想日本极右分子会不会给水林章扣上"非国民"的帽子。不过,作者倒不是因为惧怕这些人,害怕被他们扣上这样的帽子才用法语写这本小说的,他在书里借水泽裕之口表达了他对这些人的痛恨和蔑视。水林章其实是觉得法语比日语更能建立人物之间的关系,他2020年6月18日接受法国文化电台采访时说:"四位乐手一起演奏舒伯特的四重奏,他们是四个平等的国民、演奏者和独立的个体,这种平等性首先要体现在语言上。"

在这里不得不提一个翻译问题。在法语里,人际交往中最常用的人称代词是vous,也就是中文的"您"。除了亲人和关系密切的朋友,在绝大多数社交场合,法国人或者以法语为母语的人都是用"您"互相称呼的。法国总统马克龙第一次访问中国时,网上流传一段他跟中文翻译现学中文"让地球再次伟大"的短视频,在这段视频里,马克龙对他的中文译者还有其他工作人员都是用"您"。日语的敬称比法语复杂,我没有学过日语,不敢多言,但作家在小说中做了简单总结——"社会关系中的高低级别并没有嵌入这种语言(法语),不像日语"。鉴于法语、日语的敬称和中文习惯有较大差异,翻译时我没有把人物间的敬称"汉化",而是遵照原文直译过来,其中蕴含的人情世故和文化差异就留给读者去体会、去揣摩。

另一个翻译问题就是书名。书名(Âme brisée)的翻译难点在âme一词。打开任何一本法汉词典,âme至少有以下几种释义:灵魂、心灵、内心精神、生命、生灵、中心人物、(提琴的)音柱。结合小说内容,读者不难发现书名一语双关,既指小提琴惨遭践踏,连音柱都碎裂(brisée),也指主人公水泽礼目睹小提琴和父亲的劫难,遭受巨大的心灵创伤,灵魂碎裂。我曾向编辑提议将书名译成《破碎的魂柱》,因为在日语里,小提琴的音柱被称为"魂柱",虽然读音和中文不一样,但汉字就是这两个,灵魂的魂,支柱的柱。这显然保留了音柱在法语"âme"和意大利语"anima"中包含的"灵魂"之意。然而,无论是音柱还是魂柱,都是生僻的专业词,书名通常要避开这类生僻词,只得另想办法,于是就有了《心碎小提琴》的译名。

如果把小提琴看作一个有血有肉的人,那么藏在琴身内的音柱就是这个人的心。灵魂是抽象的,心是具体的,看得见,摸得着。从这个角度看,音柱更像小提琴的心。在故事开头，小提琴的心被野蛮的士兵伤害，后来主人公水泽礼带着这把伤心的小提琴离开故土，前往法国，开启人生的新篇章，然而往事把他的心困在了日本，把他的灵魂困在了那场悲剧里。

对水泽礼来说，修复小提琴，修复小提琴受伤的心，就是修复自己，修复自己受伤的心。然而，需要修复的心何止这一颗。于是，作者让他遇到了小提琴的第一个拯救者黑神中尉的后人山崎绿。山崎绿让这把小提琴重新发出美妙的声音，还特意用它演奏了悲剧发生时小提琴的主人水泽裕演奏的两首曲子。琴声化作后人的心声，把孤魂野鬼般的水泽裕短暂地唤回人间，让他的心灵得到了告慰，结束了"死不瞑目"的状态。在上海的病榻上，林砚芬读到水泽礼对巴黎音乐会的文字实录，也获得了一份迟来的安慰。这场音乐会也告慰了天上的黑神中尉，那个爱好音乐的军人虽然没有在战争中丢掉性命，却被战争的残酷摧毁了心神，只有音乐才能安抚他的创伤后应激障碍。

音乐可以慰藉灵魂，滋养我们的精神世界。文学也有同样的功效，正如一位法国读者在亚马逊网站上留下的书评，他说："社保应该报销这本书！"希望中国读者合上这本书时，也能感受到人性的光辉带来的温暖。

最后，借此机会，向我的同事丛薇薇表示感谢。她从小学习小提琴，虽然不是职业乐手，但演奏水平足以让我这样的普通人惊叹。在翻译音乐和小提琴方面的专业词汇时，她给了我很大的帮助。

邓颖平

2020年10月29日